Zur halben Nacht

SUSANNE NIEMEYER

Zur halben Nacht

Eine Weihnachtserzählung

edition ⁘ chrismon

Bibliografische Information der Deutschen Nationalbibliothek:
Die Deutsche Nationalbibliothek verzeichnet diese Publikation
in der Deutschen Nationalbibliografie; detaillierte bibliografische Daten sind im Internet über http://dnb.d-nb.de abrufbar.

2., korr. Auflage 2023
© 2023 by edition chrismon in der Evangelischen Verlagsanstalt
GmbH · Leipzig
Printed in Germany

Das Werk einschließlich aller seiner Teile ist urheberrechtlich geschützt. Jede Verwertung außerhalb der Grenzen des Urheberrechtsgesetzes ist ohne Zustimmung des Verlags unzulässig und strafbar. Das gilt insbesondere für Vervielfältigungen, Übersetzungen, Mikroverfilmungen und die Einspeicherung und Verarbeitung in elektronischen Systemen.

Das Buch wurde auf alterungsbeständigem Papier gedruckt.

Covergestaltung: Anja Haß, Leipzig
Coverillustration: Orlando Hoetzel, Berlin
Satz: makena plangrafik, Leipzig/Zwenkau
Druck und Bindung: CPI books GmbH

ISBN 978-3-96038-365-9 // eISBN (E-Pub) 978-3-96038-379-6
www.eva-leipzig.de

Packliste für unterwegs:

Mütze
Handschuhe
Streichhölzer
eine mittelgroße Sehnsucht

Jockels Kneipe ist jetzt auch zu.

Bis zum Ende hat er am Zapfhahn gestanden, jeden Abend, auch an Weihnachten. Gerade an Weihnachten. Wo alle auf der Suche nach einem warmen Plätzchen sind. Der erste Schwung kam um vier. Wenn die Glocken läuten und die mit Kindern in die Kirche gehen. Dann bogen die anderen ab, auf einen Sprung zu Jockel. Wo es auch einen Tannenbaum gab, so ein Ding aus Plastik zwar, aber im dämmrigen Kneipenlicht fiel das gar nicht weiter auf. Jockel hängte eine Lichterkette auf und fünf silberne Kugeln dran. Alle Jahre wieder. Irgendwer hatte ein Schiffchen aus Zigarettenpapier gefaltet, das hing da auch. Obwohl das Meer 200 Kilometer weit weg war. Sehnsucht glänzt eben besonders hell.

Ab zehn Uhr kam der nächste Schwung. Wenn die Feiern auf dem Sofa strandeten. Wenn genug geredet und gegessen war. Das war die schönste Stimmung. Dann war es friedlich in Jockels Kneipe, fast wie im Stall. Für einen Moment war alles gut. Weil es doch immer ums Ankommen geht. Du brauchst kein Haus. Vielleicht brauchst du nicht mal ein Klingelschild. Aber einen Ort, wo du willkommen bist und dich nicht erklären musst, den brauchst du. Wo du auch wieder gehen kannst, denn Gehen ist genauso wichtig wie Kommen. Nur wer geht, kann wiederkommen.

Manchmal steckte einer Kleingeld in die olle Musikbox: *Ein Schiff wird kommen und meinen Traum erfüllen. Und meine Sehnsucht stillen, die Sehnsucht mancher Nacht.*

Jetzt kommt keiner mehr. Alles steht noch an seinem Platz, als hätten die Dinge nicht mitgekriegt, dass Schluss ist: die Pinnchen und die Biergläser hinterm Tresen, die Kaffeetassen für sonntags oder für einen, der wirklich genug hatte. Damit er halbwegs gerade nach Hause kam. Der Aschenbecher mit dem Stammtisch-Schild aus poliertem Messing. Verkaufen kann man solche Sachen nicht. Wer will schon ein Regal voll Biergläser aus den Achtzigern? Bei den meisten hier stapelt sich solcher Krempel auf dem Dachboden, weil Wegwerfen zu schade wäre und die Kinder das eine oder andere noch brauchen könnten, wenn sie zum Studieren wegziehen.

Jockels Tochter Clara wollte keine Biergläser, als sie drüben ins Neubaugebiet zog. Kann Jockel auch verstehen. Alles hat seine Zeit, sagt er sich, doch irgendwas in ihm drin will sich nicht überzeugen lassen. Wie die Leuchtschrift draußen überm Eingang. Die hängt auch immer noch. »Zur halben Nacht«. Was das denn für ein Name sei, hatten die Alten gefragt und ihm kein halbes Jahr gegeben. Aber dann sind sie doch alle gekommen.

Muss ich mal abbauen, denkt Jockel und überlegt, wo Clara die Leiter versteckt hat, weil sie findet, dass er in seinem Alter nicht mehr so hoch hinaus soll.

*

Anderswo liest Alice beim Frühstück folgende Anzeige:

Mitreisende gesucht. Bring deinen Rucksack mit.
Kein Lametta.
C+M+B.

Weil sie findet, dass Weihnachten ein Fest zum Weglaufen ist, bleibt sie daran hängen. Alle Jahre wieder fragt sie sich, wie man sich in der Enge des Feiertagkokons wohlfühlen kann. In einem überheizten Wohnzimmer, betäubt vom Dunst aus Rotkohl, Räuchermann und Kerzenwachs. In diesem Jahr besonders. Weil Jule weg ist. Alle werden sie hätscheln wie ein verwundetes Häschen: Warum es denn nicht geklappt hat? Die Jule war doch so eine Nette. Wo man sich gerade an sie gewöhnt hatte. Beim Verdauungsschnaps würde es dann so richtig losgehen mit der Sofapsychologie. Alice kann ihre Stimmen hören: Dass sie zu hohe Erwartungen hat. Dass heutzutage immer alles perfekt sein muss. Dass der Timo aus ihrem Abijahrgang jetzt auch wieder Single ist. Ob sie nicht wenigstens mal Kaffeetrinken mit ihm will? Alles lieb gemeint. Aber Alice kann gerade nicht lieb.

Sie schüttet Knusperflakes in die Schüssel. Sogar die Knusperflakes machen auf Weihnachten: »Joy of Winter. Jetzt mit einem Hauch Zimt.«

Alice nimmt einen Löffel und verzieht das Gesicht.

Nie hält dieses Fest, was es verspricht. Alles ist eine Nummer zu groß: die ganze Sehnsucht genauso wie der Topf mit dem Rotkohl und der aufgeblasene Weihnachtsmann, der am Nachbarhaus hängt wie ein Einbrecher, dem die Puste ausging. Natürlich sind es nur drei Tage. Im Gegensatz zu 362 Tagen, an denen nicht Weihnachten ist. Damit müsste man sich eigentlich arrangieren können. Aber es ist schwer, sich zu entziehen, ohne zu einem schlechtgelaunten Klischee zu werden.

Alle anderen in ihrer Familie lieben Weihnachten. Spätestens Mitte November wird der Familienchat mit

Wunschlisten, Keksrezepten, Katzen mit Nikolausmützen und natürlich mit einem Countdown geflutet.

»Ach, ist das gemütlich ...«, seufzt ihre Mutter, wenn sie dann am Heiligabend schließlich alle zusammen um den Tannenbaum sitzen.

Ihr ist nicht nach Gemütlichkeit. Als ob es damals im Stall gemütlich gewesen wäre. Alice möchte nicht wissen, wie ihre Mutter es aufnehmen würde, wenn das Wohnzimmer plötzlich voller Stroh läge. Und überhaupt: Sauber ist Stroh doch höchstens in einer Kondensmilchwerbung.

Was soll's, denkt Alice. Wahrscheinlich ist das bürgerliche Weihnachtsfest eine Art späte Wiedergutmachung: Alle fahren auf, was dem heiligen Paar vor 2000 Jahren verwehrt wurde. Das Wohnzimmer wird zur Herberge, nur ohne Blut und Schleim und was sonst zu einer Geburt gehört.

Jule wollte auch Kinder. Am liebsten ein ganzes Haus und ein ganzes Herz voll. Alice nicht. Jedenfalls nicht so richtig. Höchstens mit halbem Herz. Jule weiß immer, was sie will, und am 1. November wollte sie weg. Das ist so typisch für Jule, denkt Alice zum tausendsten Mal. Dass sie zum Monatswechsel Schluss macht. Ein sauberer Schnitt.

Alice liest die Anzeige ein weiteres Mal. C+M+B. Wer wohl dahintersteckt?

Das Handy pingt.

»Ihr Kinderlein kommet – wie alle Jahre am 23.?«, schreibt ihre Mutter. Und bevor sie es sich anders überlegen kann, antwortet Alice: »Dieses Jahr ohne mich. Ich suche den Stall. Schicke ein Foto, wenn ich da bin.« Zwinkersmiley.

Nicht, dass Alice besonders religiös wäre. Aber irgendwas ist da. Religion ist auch nur ein anderes Wort für Sehnsucht, hat sie mal gehört. Damit konnte sie was anfangen, denn Sehnsucht hat sie. Nach Jule, nach Regenküssen, nach mondlosen Nächten, nach Zwerchfellbeben. Nach Sachen, die nicht erwartbar sind. Nach dem Moment, kurz bevor sich eine Tür öffnet. Nach mehr Glanz. Danach, dass endlich das richtige Leben beginnt. Manchmal beginnt ihr Herz zu rasen, als gäbe es keine Sekunde zu verlieren. Vielleicht sollte sie jetzt, wo sowieso alles egal ist, ihrem Herz einfach mal hinterherlaufen.

Hallo C+M+B.
Ich bin dabei. Lametta war noch nie mein Ding.
Wann geht es los?
A.
PS: Was soll ich mitnehmen?

Hallo A.
Übermorgen gehen wir los. Super, dass du dabei bist.
Wir haben auf ~~jemanden wie~~ dich gewartet.
C+M+B
PS: Gold, Weihrauch, Myrrhe
PPS: Scherz!

Alices letzter Urlaub fand in Begleitung eines hinkenden Rollkoffers statt. Das vierte Rad war beim Sprint zum Gleis verlorengegangen und Alice bemerkte sein Fehlen erst, als der Zug schon hinter den Bergen war. Jule fand das süß. »Du bist so verpeilt«, sagte sie, und Alice hatte das als Kompliment genommen.

Sie strafft die Schultern. Ab jetzt wird sie die Dinge selbst in die Hand nehmen. Was bleibt ihr auch anderes übrig. Zuerst den Dachboden. Irgendwo da oben müsste noch ihr alter Rucksack liegen. Sie gräbt sich durch ausrangierte Winterklamotten, schiebt zwei Kisten mit Briefen zur Seite und findet das Waffeleisen wieder.

Der Zweifel steht im Türrahmen und grinst. Er sieht aus wie ihr Bankberater. Sie versucht ihn zu ignorieren. Jetzt bloß nicht nachdenken. Weil der Zweifel immer zur Stelle ist, sobald sie im Begriff ist, ihre Komfortzone zu verlassen. Er hasst das. Er mag keine Unsicherheit, und deshalb weiß er auch nicht, was an geheizten Wohnzimmern verkehrt sein soll.

Da ist der Rucksack. Und gleich dahinter liegt auch der Schlafsack. Extrembereich minus 18 Grad steht auf dem Waschzettelchen. Bisher hat sie damit nur ein Wochenende am See übernachtet.

Das war im August, sagt die Bankberaterstimme. Und du hast kein Auge zugetan, wegen der Mücken und der Hitze im Zelt. Du konntest dich nicht entscheiden, was schlimmer war. Kalt war nicht mal das Bier. Im September bist du die Erste, die die Heizung aufdreht.

»Dann machen wir eben Feuer«, murmelt sie.

Im Nieselregen, frotzelt die Stimme unbeirrt weiter. Am besten, du packst schon mal eine Großpackung Grillanzünder ein. Was glaubst du eigentlich da draußen zu finden?

Sie stopft den Schlafsack in den Rucksack. »Was Besseres als dich allemal!«, ruft sie und knallt die Dachbodentür hinter sich zu.

Im Treppenhaus stößt sie beinah mit dem Nachbarn zusammen. »Hoppla, wohin so eilig? Bist du auf der Flucht?« Er balanciert fünf Großpackungen Toilettenpapier im Arm. »Gab's im Sonderangebot. Kann man nie genug von haben.« Neugierig schaut er auf die Dachbodentür. »Mit wem redest du? Ist da wer drin?«

»Ja. Mein Zweifel. Aber keine Angst, der bleibt am liebsten drinnen.«

»Du bist verrückt«, sagt ihr Bruder. Wie immer kommt er direkt zur Sache. Alice stellt das Handy auf Lautsprecher und gießt kochendes Wasser über das Kaffeepulver. Wer weiß, wie oft es in nächster Zeit Kaffee geben wird.

»Du willst also lieber mit Wildfremden losziehen, als mit uns Weihnachten zu feiern. Darf man fragen, wohin?«

»Keine Ahnung. Das steht noch in den Sternen ...«

»Ist es wegen Jule? Hör mal, wir kümmern uns um dich. Wir sind da. Onkel Heinz und Tante Anni kommen, und Flori bringt seine neue Freundin mit. Sie hat einen Dackel! Und am Fünfundzwanzigsten reist unser großes Schwesterchen mit den Zwillingen an. Du wirst keine Minute allein sein, versprochen.«

Alice spürt tausend Kilo Liebe auf ihrer Brust. Wahrscheinlich wird sie an Nougatkugeln und Mitleid ersticken.

»Was ist, wenn das total durchgeknallte Typen sind?«, fragt ihr Bruder.

»Dann geh ich wieder nach Hause.«

»Du kennst die doch gar nicht. Das könnten Menschenhändler sein. Oder Serienmörder. Oder weiß der Himmel, was ...«

»Genau. Weiß der Himmel was. Hör zu, ich muss jetzt weiter packen. Iss einen Knödel für mich, Brüderchen, frohe Weihnachten!«

Bevor er etwas erwidern kann, klickt sie ihn weg. Gut, denkt sie, nippt am Kaffee und angelt sich einen Keks, als das Handy erneut pingt.

Dieses Mal ist es eine Nachricht von ihrer Mutter:

»Aber einen Wunschzettel schickst du mir? Paket geht raus.«

Alice tippt: »Ich kann doch nicht so viel mitnehmen.«

»Trotzdem!!!«

Also schreibt sie: »Mütze (rot), Erleuchtung, Schokorosinen, Weltfrieden«.

Weltfrieden scheint ihr nach kurzem Überlegen dann doch zu groß. Sie löscht das »Welt« und tippt »to go« dahinter.

*

Jockels Tee ist kalt geworden. Dass er jetzt immer öfter träumt. Mitten am Tag. Das kennt er gar nicht von sich. Jetzt aber los. Zwanzig nach fährt der Bus. Und den sollte man nicht verpassen, wenn man in die Stadt will. Die Schulkinder sind schon weg, als Nächstes kommt der Hausfrauenexpress. So haben sie den früher genannt. Als die Männer noch das Auto fuhren und das Geld nach Hause brachten und im Gegenzug ein ordentliches Kotelett wollten. Und die Frauen mit dem Bus zum Metzger fuhren.

Jockel kippt den Tee weg und zieht den Mantel an. Die Treppe kommt er noch gut runter, in der Kneipe macht er kein Licht. Wozu auch? Hier würde er sich im Schlaf zurechtfinden. Links der Tresen. Rechts der Stammtisch und die Musikbox, nach fünf Schritten die lose Diele, Stolperfalle für alle, die einen Korn zu viel hatten. Es riecht noch immer nach Rauch. Das geht nicht weg. Das Eau de Toilette jeder ordentlichen Kneipe. Bis es damit vorbei war und man rausgehen musste zum Schmöken. Das war der Anfang vom Ende. Wer will das schon – allein im Nieselregen stehen? Seitdem liegt auch seine Pfeife kalt in der Schublade. Clara hat's gefreut. »Endlich wirst du vernünftig. Höchste Zeit in deinem Alter.« Irgendwann hörte Jockel dann auf, Frikadellen zu braten, und als schließlich auch keine Schmalzstullen mehr auf dem Tresen lagen, da wussten alle, was die Stunde geschlagen hat.

Er geht zum Fenster. Draußen in der Linde sitzt eine Krähe. Auf der Fensterbank liegt ein Leuchtstern, originalverpackt. Clara hatte ihn vorbeigebracht: »Damit kannst du's dir ein bisschen schön machen.«

»Für wen?«, hatte Jockel gefragt.

Er schaut zum Himmel. Kommt vielleicht doch Schnee, denkt er. Schnee war nie gut für's Geschäft. Da blieben die Leute drinnen. Aber mit denen, die trotzdem kamen, die Mützen tief in der Stirn, mit denen war es dann immer was Besonderes. Eine verschworene Gemeinschaft.

Ach, denkt Jockel. Was macht ein Wirt, wenn er kein Wirt mehr ist?

»Sterben«, sagt die Krähe und blickt ihm schonungslos in die Augen.

»Nix da«, brummt Jockel. »Schon gar nicht an Weihnachten.«

Die Krähe breitet die Flügel aus und verlässt ihren Ast. Was soll sie noch sagen. Sterben müssen alle, gestern erst hat es die dicke Taube erwischt. Aber Weihnachten, damit kennt sie sich nicht aus. Weihnachten, das ist ein Menschending. Was fragst du auch eine Krähe, denkt Jockel und hätte beinah schon wieder vergessen, dass er den Bus kriegen will.

*

Alice zieht die Wohnungstür hinter sich zu. Als sie mit dem Rucksack auf die Straße tritt, fühlt sie sich heldinnenhaft und irgendwie befreit. Sollen die anderen Tannenbäume schleppen. Sollen sie so tun, als ob Frieden sei und die Stammtischparolen des entfernten Onkels ertragen. Sie wird dieses Jahr ein anderes Weihnachten finden. Eines, das echt ist.

Zunächst muss sie allerdings ihre Mitreisenden finden.

Sie haben sich zum Mittagessen verabredet. In der letzten Nachricht stand eine Adresse, die Google im Osten der Stadt ortet. Kurz überlegt sie, zu Fuß zu gehen, aber dann entscheidet sie sich doch für die Straßenbahn. Jetzt bloß nicht gleich übertreiben. Gehen wird sie noch genug.

Die Bahn ist voll. Last-Minute-Einkäufe, denkt Alice, und ist froh, dieses Mal nicht dabei zu sein. Eine Frau schleppt einen Heimtrainer nach Hause und ein Balkan-Duo spielt »Feliz Navidad«, ein kleiner Junge schlägt dazu knapp neben dem Takt auf eine riesige Pauke. Erstaunlich viele Leute werfen Münzen in den Becher, wahrscheinlich, damit Ruhe ist. Schon jetzt fühlt es sich an, als hätte sie mit all dem nichts zu tun. Als hätte sie sich in ein Theaterstück verirrt, bei dem man das Gefühl hat, alle anderen wissen, worum es geht, nur man selbst nicht.

Es ist nicht so, dass Alice Weihnachten keine Chance gegeben hätte. Im Gegenteil. Friede auf Erden hält sie für eine gute Idee. Und wenn Gott sich extra auf den Weg macht, um die Sache persönlich in die Hand zu nehmen – umso besser. Allerdings scheint er irgendwo falsch abgebogen zu sein. Bei Alice ist er jedenfalls noch nicht angekommen.

Dabei hat sie wirklich eine Menge ausprobiert:

Sie hat Dreikönigs-Weihrauch aus Ägypten bestellt (Asthmaanfall bei Opa).

Sie hat Briefe ans Christkind geschrieben (schon eine Weile her).

Sie hat vorgeschlagen, die Geschenke auszulosen (damit sich niemand benachteiligt fühlt).

Sie wollte alle Geschenke spenden (das ging den anderen zu weit).

Einmal hat sie darauf bestanden, statt einer Nordmanntanne die Zimmerpalme zu schmücken (damit es mehr nach Bethlehem aussieht).

Und ein anderes Mal wollte sie in der Suppenküche helfen, aber man sagte ihr, die Weihnachtsschichten seien schon im Juli ausgebucht.

Sie hat einen Mistelzweig aufgehängt (und wurde natürlich von falscher Seite geküsst).

Sie haben Hausmusik gemacht (und erkannt, dass drei Blockflöten kein Orchester ergeben).

Echte Kerzen angezündet. Blinkende Lichterketten aufgehängt (ironisch).

Alles nett. Aber nett kribbelt nicht. Wenn ein Fest 2000 Jahre lang durchhält, dann doch wohl nicht, weil das Christkind eine Flasche Parfum in Goldfolie bringt.

Was also sonst?

An der Haltestelle Tiergarten steigt Alice aus. Ihre Knie sind ein bisschen wackelig, bestimmt wegen der schlechten Luft in der Bahn.

Jetzt wird es wirklich ernst.

Das Haus, zu dem Google sie lotst, liegt an einer vierspurigen Straße. Es steht zwischen einer Moschee und einem Reifenhändler und sieht aus, als hätte es vor Jahren den richtigen Zeitpunkt für einen Umzug verpasst. »Institut für experimentelle Alltagsbewältigung«, liest Alice neben der Klingel. Dahinter hat jemand in krakeliger Schrift »und Spaghetti« geschrieben. Der Summer geht. Alice tritt in ein dunkles Treppenhaus. Es riecht nach Essen und Bohnerwachs. »Oben«, ruft jemand. Sie folgt der Stimme, will dynamisch zwei Stufen auf einmal nehmen, aber das Gewicht des Rucksacks zieht sie nach unten. Keuchend erreicht sie den vierten Stock. Höher geht es nicht.

Die Tür steht offen. Nach kurzem Zögern geht sie hinein und findet sich unter einem Sternenhimmel wieder. An der Decke hängt eine astronomische Karte, winzige Leuchtdioden tauchen den Flur in schummriges Licht. Auf dem Fußboden steht in fluoreszierender Schrift: Sie sind hier. Alice lehnt ihren Rucksack an die Wand und folgt dem Topfdeckelklappern.

Sie kann nicht sagen, was genau sie erwartet hatte. Am ehesten Jungs aus einer Outdoorwerbung. Leute, die aus einem Taschentuch und einer Schnur ein Zelt bauen und auch sonst in jeder Situation wissen, was zu tun ist. Leute wie Jule eben.

Baltasar ist pummelig und trägt einen Hoodie, auf dem »Pi = Liebe zum Quadrat« steht. Melchior hat einen zerzausten Pudel auf dem Schoß, den er als Chico vorstellt. Und Caspa besteht darauf, kein Pronomen zu haben, weil Caspa die Einteilung in Frau und Mann zu simpel findet.

»Ihr seid …«

»… die drei Weisen. Korrekt. Du kannst uns auch Könige nennen.« Balthasar setzt sich eine Krone aus Glanzpapier auf. »Wenn du willst, falte ich dir auch eine.«

»Nee, lass mal.«

»Wie du willst. Und du bist …?«

»Alice«, sagt sie und beschließt, sich einfach über alles zu wundern.

Und damit sind sie zu viert.

Da niemand Anstalten macht, Alice einen Platz anzubieten, setzt sie sich an den Küchentisch. »Unten auf eurem Klingelschild – was sollen die Spaghetti?« Caspa lächelt, als sei die Antwort selbsterklärend: »Wir haben eben Hunger.«

Alice hat mal in einem Artikel übers Pilgern gelesen, dass man zwei Dinge tun soll, bevor man aufbricht: alle Reste verzehren und das eigene Testament machen. Sie fand das eine etwas banal und das andere reichlich dramatisch, aber dann hatte sie sich gefragt, ob das nicht genau die Pole des Lebens beschreibt: Ein ewiges Hin und Her zwischen Banalität und Drama. Zwischen der Wahl des perfekten Pizzabelags und der perfekten Lebenspartnerin. Zwischen Weltretten und Würstchengrillen.

»Und du«, fragt Caspa, »hast du Hunger? Es gibt Nudeln mit Tomatensauce. Nicht gerade der Gipfel der feinen Küche, aber ich habe Zimt reingerührt. Jetzt sind es Weihnachtsnudeln.« Caspa grinst, füllt die Teller und alle beginnen zu essen.

»Und, was macht ihr sonst so«, fragt Alice, um das Gespräch in Gang zu bringen.

»Paprikanudeln«, sagt Caspa. »Manchmal auch Käsenudeln.«

Mehr scheint es dazu nicht zu sagen zu geben. Also widmet sich Alice den Nudeln und überlegt, wem sie ihre Spaghettizange vererben würde.

In der Hosentasche steckt ihre Liste. Die könnte sie jetzt rausholen. Weil man so eine Reise doch besprechen muss. Weil es Dinge zu organisieren gibt. Je genauer Alice darüber nachdachte, desto mehr Fragen waren aufgetaucht:

Wo schlafen wir?
Welche Notfallnummern gibt es?
Wer packt Toilettenpapier ein?
Wo gibt es Einkaufsmöglichkeiten an der Strecke?
(Öffnungszeiten herausfinden!)
Kennt jemand die Busfahrpläne? (Für alle Fälle)
Haben wir ein Ziel?
(Falls nicht: Woran erkennen wir,
dass wir angekommen sind?)
Wie feiern wir den Heiligen Abend?
(Was essen wir? Hat jemand Unverträglichkeiten?)
Haben wir ein Erste-Hilfe-Set?
Ist es vollständig?
Wie viele Pausen machen wir?
Wann?
Wollen wir die Rückreise im Voraus buchen?
(Feiertage! Sitzplätze reservieren!)

Die anderen scheinen keine Liste zu haben. Vielleicht weil sie Profis sind.

»Oder naiv«, bemerkt der Zweifel.

Sie verlassen die Stadt entlang einer Bundesstraße. Der Verkehr ist so laut, dass sie auf Reden von vornherein verzichten. An jeder Ampel wartet der Zweifel mit seinem sorgenvollen Bankberaterblick. Alice weiß genau, was er sagen will: Wenn es wenigstens eine Schlittenfahrt wäre, mit Pferd und Karodecke. Aber zu Fuß durch die Abgase des Feierabendverkehrs?

Sie versucht, ihn so gut es geht zu ignorieren. Er geht ihr auf die Nerven, weil er so sehr an der Vergangenheit klebt. Wäre er doch zu Hause geblieben, warum muss er ihr auch überallhin folgen?

Sie passieren ein Teppichlager und einen zugenagelten Imbiss, der mal ein American Diner sein wollte. Im Schaufenster eines Sexshops winkt ein aufgeblasener Weihnachtsmann mit seiner Rute.

Städte fransen an den Rändern immer aus. Sie hätten die Bahn nehmen können. 41 Minuten, einmal umsteigen und dann wären sie im Grünen gewesen. Ganz einfach.

»Wohin gehen wir eigentlich?«, fragt Alice schließlich. Wenigstens das wäre doch gut zu wissen.

»Nach Westen«, erwidert Caspa. »Wo die Sonne hinterm Horizont verschwindet.«

»Also direkt in den Untergang ...«

»Hast du Angst?«

»Nee«, sagt Alice. »Ich bin nur sarkastisch.«

»Dann ist ja gut. Das legt sich.«

*

Im Bus sitzt niemand. Nur die Busfahrerin.

»Moin! In die Stadt?«

Jockel nickt. »Neue Brille.«

Die Busfahrerin kennen alle, obwohl die meisten nicht mehr mitfahren. Auf dem Land gibt es Erst- und Zweitwagen, der Bus ist was für die Kinder und die Alten. Trotzdem ist es gut, dass er fährt. Man könnte ihn ja mal brauchen.

Eigentlich müsste die Busfahrerin schon uralt sein, denkt Jockel. Dass sie nicht längst in Rente ist ... Sie hat ihn durchs ganze Leben gebracht. Zur Schule in die Stadt. Weil er aufs Gymnasium sollte, als Erster in der Familie. Zwölf Haltestellen, eine halbe Weltreise. Und dann ist er doch nur Wirt geworden. Er würde schwören, dass es immer dieselbe Busfahrerin war. Obwohl das doch unmöglich ist. Nur ihr Haar ist mit den Jahren grauer geworden. Einen Führerschein hat Jockel nie gemacht. Praktisch wäre es gewesen, wegen der Kneipe. Aber es ging ja auch so.

Jockel setzt sich in die erste Reihe, da sieht man am besten. Matschige Felder ziehen vorbei. Der Himmel hat sich doch für Regen entschieden.

»Schietwedder, was?«

»Och, hab ja meinen Schirm dabei.«

Die Busfahrerin nickt. Im Bus gibt es eine ganze Sammlung von Schirmen in allen Größen und Farben. Sogar einer mit Pandaohren ist dabei. Man glaubt gar nicht, was die Leute alles liegen lassen. Schirme und Mützen, halbgelesene Bücher, gebrochene Herzen, ungelutschte Bonbons, Einkaufslisten, sogar ein Paar Krücken. Die Busfahrerin hebt alles auf, sie hat da so eine Schatzkiste. An guten Tagen dürfen die Kinder einen Blick reinwerfen. Nur die Schirme, die gibt sie weiter, wenn jemand einen braucht.

Jockel hat nichts gegen Regen. Ist eben so richtiges Weihnachtswetter. Auch wenn alle immer Schnee wollen. Als ob es damals geschneit hätte in Bethlehem. Man stellt sich das so muckelig vor, ein Stall im Wald, Mensch und Tier kommen gucken und werden ganz zahm.

Jockel weiß nicht, wann er das letzte Mal im Wald war. Jetzt hätte er Zeit. Aber was soll er da?

»Du musst öfter rausgehen«, sagt Clara. Sie ist auch schon bald 50 und hat, wenn's sein muss, Haare auf den Zähnen. Die Kneipe weiterführen wollte sie trotzdem nicht: »Sieben Tage Arbeit und Feierabend morgens um zwei? Lass mal!«

Jetzt wohnt sie am anderen Ende des Dorfs im Neubaugebiet und kommt einmal die Woche vorbei. Bringt Schweinsohren mit, weil Jockel die so gern isst. Die gibt es nur noch in der Stadt. Zwei Gläser Wasser gegen ein Schweinsohr, das ist ihr Deal. Mehr trinken muss er nämlich auch, sagt Clara. »Kleine«, sagt Jockel dann, »ich muss gar nichts mehr.«

Wie er das findet, weiß er selbst nicht: Aufhören zu müssen, wenn man sein ganzes Leben gemusst hat.

*

Die erste Nacht verbringen sie in einem leerstehenden Haus. Es steht am Rand einer Wiese und ist von Efeu überwuchert. Die Tür ist unverschlossen. »Und was ist, wenn da wer drin ist?«, fragt Alice. »Dann bekommt er jetzt Gesellschaft«, sagt Balthasar. Die Räume sind leer, nur in der einstigen Küche steht noch ein Ofen, der anscheinend vor nicht allzu langer Zeit benutzt wurde. Caspa sucht Holz und Birkenrinde, und Melchior beginnt, mit einem Tannenzweig den Boden zu fegen. Besonders schmutzig ist es nicht.

»Wer wohl sonst hierher kommt?«

»Leute auf der Durchreise vielleicht«, sagt Balthasar. »Also Leute wie wir.«

Alice bezweifelt, dass es viele Leute wie sie gibt. Entweder man ist obdachlos, dann ist die Durchreise keine Reise, sondern ein Zustand oder man hat vorab ein Zimmer gebucht. Trotzdem bleibt sie an dem Wort hängen. Caspa macht Tee und Tütensuppe, und als sie in die Schlafsäcke gewickelt ihre Suppe löffeln, sagt Alice: »Durchreise ist ein gutes Wort. Ich glaube, ich bin tatsächlich auf der Durchreise. Innen drin.«

»Sind wir das nicht alle?«, fragt Caspa.

»Ich weiß nicht. Irgendwie geht es doch immer darum, anzukommen. Etwas geschafft zu haben: Auf der Welt zu sein. Erfolgreich die Windeln abzulegen. Endlich 18 zu werden. Einen Schulabschluss zu schaffen. Eine Ausbildung zu beenden. Zu heiraten und Kinder zu kriegen. Wenn man ein Haus baut, feiert man Richtfest und nicht den ersten Stein. Und dann hakt man ab, einmal in Thailand oder New York gewesen zu sein, bevor man zur Rente beglückwünscht wird. Das Ergebnis zählt. Niemand bekommt ein Zertifikat, weil er aufbricht. Eigentlich ist das doch schade.«

Caspa reißt einen Streifen von der Tütensuppen-Tüte ab, zwirbelt ihn zu einem silbernen Ring und kniet sich, so gut es der Schlafsack zulässt, vor Alice hin. »Liebe Alice, ich frage dich: willst du aufbrechen, in guten wie in schlechten Tagen, mutig und neugierig, bis dass der Tod dich scheidet?« Balthasar summt *We are the champions* und Melchior angelt nach dem Tannenzweig und hält ihn wie einen Baldachin über Alices Kopf.

Alice nickt, weil sie einen Kloß im Hals hat.

Der Ring glänzt ein bisschen im Feuer und auf den Gesichtern der anderen liegt ein warmer Schein. Ihr Herz lodert auf. Auf einmal hat sie das Gefühl, die drei schon lange zu kennen. Obwohl sie kaum etwas über ihr Leben weiß. Etwas anderes verbindet sie, etwas, das nichts mit Beruf, Herkunft oder Familienstand zu tun hat. Es fühlt sich an wie Liebe, und das ist merkwürdig, weil Liebe bisher groß und exklusiv war. Alice hatte immer geglaubt, dass man Liebe aufsparen muss, bis die eine, die richtige Person da ist. Sie lässt ihren Blick über die Gesichter gleiten. Vielleicht hat sie jetzt, wo Jule weg ist, einen Liebesüberschuss.

Das Feuer knackt. Schulter an Schulter schlafen sie ein.

*

In der Nacht leuchten die Sterne freundlich. Vor ein paar Millionen Jahren sind sie aufgebrochen. Manche haben bereits aufgehört zu existieren. Nicht alles, was wir sehen, ist wirklich da, denkt der Wolf. Und trotzdem ist es schön. Er denkt gern in solchen Nächten, wenn alles schläft. Das traut man ihm gar nicht zu.

*

Der Morgen ist klar. Sie schließen die Tür hinter sich, und es ist, als wären sie nie dort gewesen. Kein Schnipsel verrät sie, kein Gästebuch, kein zurückgelassener Ballast. Alice fallen die Inschriften in Berghütten und Bushaltestellen ein: Martin was here. Stefan und Benjamin 2009. Mit dem Taschenmesser ins Holz eingeritzt oder einfach mit Edding geschrieben. Wie eine Vergewisserung: Seht, dass ich lebe. Seht, dass es mich gibt. Muss man wirklich was hinterlassen?

Die ersten Kilometer gehen schnell voran. Wobei »voran« genaugenommen trügerisch ist. Denn sie scheinen weiterhin kein Ziel zu haben, außer auf Weihnachten zuzugehen. Das Fest rückt näher, es kommt ihnen entgegen und ohne die üblichen Vorbereitungen, ohne Planungen und letzte Telefonate, ohne halbüberzeugte Geschenke, ist es ganz unaufdringlich.

Jule hatte immer ein Ziel. Und einen Plan, wie sie dieses Ziel erreicht. Man muss alles in kleine Abschnitte teilen, hatte sie immer gesagt, dann geht es leicht. Jeder Erfolgs-Coach rät dazu. Festlegen, wo man sich in zehn Jahren sieht. Und dann Schritt für Schritt planen. Alice passte irgendwann nicht mehr in diesen Plan. Sie seufzt. Immerhin diese Sache hat sie bereits entdeckt: Wie gut es tut, zu gehen. Jeder Schritt bringt sie weiter. Wohin, wird sich zeigen.

*

Sie haben 17 ungelesene Nachrichten.

*

Am dritten Tag beginnt Alices Schulter zu schmerzen. Am dritten Tag kommt die Freiheit abhanden und der Zweifel holt sie wieder ein. Sie weiß nicht, was er zwischendurch erlebt hat, aber was immer es auch war, es scheint keinen nachhaltigen Eindruck hinterlassen zu haben. Er hat eine Blase an der linken Hacke und grölt *O du fröhliche, O du selige, gnadenbringende Weihnachtszeit* in Alices Ohr. In Alices Kopf ist Jule und sie fragt sich, wo ein Platz für sie selbst ist, wenn alles in ihr drin von anderen belegt ist.

Zum Mittagessen gibt es Elisenlebkuchen von Melchiors Oma. Caspa streicht Erdnussbutter drauf und behauptet, das passe gut, schließlich kämen in jedem Adventsgedicht Apfel und Nüsse vor, warum also nicht Erdnüsse. Weil Erdnüsse keine Nüsse, sondern Hülsenfrüchte sind, will der Zweifel sagen, aber Alice tritt ihm gegen das Schienbein, so dass er beleidigt schweigt.

Die Lebkuchen schmecken erstaunlich gut.

Als es anfängt zu dämmern, suchen sie lange nach einem Schlafplatz. In der zweiten Nacht durften sie im Gemeindehaus einer Kirche übernachten, sogar eine Dusche gab es und in der Teeküche lagen bröselige Kekse. »Greift zu, nehmt, was ihr findet«, hatte ein etwas verhuscht wirkender Pastor gerufen und war schnell wieder verschwunden. Auch heute waren sie an einer Kirche vorbeigekommen, aber diesmal war kein Platz: »So kurz vor Weihnachten? Keine Chance, Generalproben für Krippenspiel und Bläserchor.« Also blieb ihnen nichts, als weiterzuziehen.

Es ist schon dunkel, als sie entscheiden, diese Nacht in einer Bushaltestelle zu verbringen. »Ich kann nicht mehr«, sagt Melchior. »Und Chico auch nicht.« Das ist das Stoppsignal. Niemand diskutiert, niemand versucht, Melchior zu weiteren Kilometern zu überreden, weil irgendwo was Besseres kommen könnte.

So einfach, denkt Alice. Einfach zu sagen: ›Ich kann nicht mehr‹ wäre ihr im Leben nicht in den Sinn gekommen. Weil man durchhalten muss. Durchhalten in der Liebe und im Leben und beim Wandern jawohl erst recht.

Sie lässt den Rucksack fallen. Ihre Schulter ist mittlerweile taub. Geschafft! Irgendwo zwischen Kilometer 17 und 20 hat sie aufgehört, über den Sinn zu nachzudenken. Ihr Handy zeigt mittlerweile 23 ungelesene Nachrichten, mindestens die Hälfte wird von ihrer Familie sein, die einen Lagebericht will. Insgeheim hofft sie natürlich, dass Jule geschrieben hat. Weil sie Alice vermisst, weil sie merkt, dass alles ein Irrtum war und sie füreinander perfekt sind. Im Gehen hatte Alice sich wieder und wieder ausgemalt, wie Jule in den Zug steigen würde und Alice würde auf einem verlassenen Bahnsteig auf sie warten, die Türen würden sich öffnen, Jules Blick würde Alice suchen, zum ersten Mal wäre da Unsicherheit, ob Alice wirklich da ist. Aber sie ist da, gleichzeitig würden sie loslaufen, sich in die Arme fallen und dann würde es zu schneien beginnen. Sanfte Flocken, die in Jules Haar hängen blieben, während sie sich küssten.

Alice stopft das Handy ganz tief in den Rucksack. Niemals würde Jule schreiben. Und auf Familienchat hat sie keine Lust. Der Akku hält sowieso nicht mehr lang, sie findet, das ist eine nachvollziehbare Entschuldigung dafür, dass sie keine Ahnung hat, was sie berichten könnte. Von außen betrachtet ist das alles nicht so spannend. Straße, Baum, Bach. Das Abenteuer findet weder im Dschungel noch in der Wüste statt. Sie hat keine Kamele gesehen, nicht mal Kühe. Das Abenteuer ist innen drin.

Die Bushaltestelle ist ein Holzhäuschen, das nach einer Seite offen ist. Damit man rechtzeitig aufstehen kann, wenn der Bus kommt. Solche Haltestellen gibt es nur auf dem Land, wo ein Halt zum Aufenthalt werden kann.

Sie rollen die Schlafsäcke aus und beschließen, dass alle drei Stunden jemand anderes auf der Bank liegen darf. Die ist zwar nicht weicher, aber wärmer als der Asphalt.

Alice ist fast eingeschlafen, als Melchior sagt: »Im Dunkel beginnt alles.« Er hat bisher nicht mehr als zwei zusammenhängende Sätze gesprochen. »Im Dunkel werden die Träume geboren. Das Leben. Im Dunkel gibt es keine Scham. Im Dunkel kann man anfangen, was man will. Deshalb. Deshalb gehen wir dahin, wo es dunkel ist.«

Alice weiß nicht, was sie dazu sagen soll. Wenn schweigende Leute auf einmal sprechen, hat sie immer das Gefühl, es ist wichtig, etwas zu erwidern. Damit sie das Sprechen nicht gleich wieder aufgeben. Aber ihr fällt nur ein, dass sie zu Hause jedes Mal gegen den Schuhschrank stößt, wenn sie nachts aufs Klo muss.

In dieser Nacht träumt sie von einem überdimensionalen Weihnachtsmann. Er flößt ihr Angst ein. Da entdeckt sie ein Waschzettelchen auf seinem aufgeblähten Bauch, auf dem steht: Bitte auf Links drehen. Als sie ihn vorsichtig berührt, fällt er wie ein schlaffer Luftballon in sich zusammen. Sie erschrickt und schaut sich schuldbewusst um, ob jemand sie gesehen hat.

Doch nur der Zweifel lehnt an einer Bushaltestelle. Anerkennend nickt er ihr zu, als sei er ausnahmsweise mal mit ihr zufrieden.

Gegen Morgen beginnt es zu nieseln. Als der Regen sich nicht mehr ignorieren lässt, packen sie ihre Sachen zusammen und gehen los. Nach einer Dreiviertelstunde taucht eine Tankstelle auf und Alice ist sicher, den Kaffee noch vor dem Benzin zu riechen.

»Seid ihr Sternsinger oder sowas?«, fragt der Mann hinter der Kasse. »Wegen der Krone von dem Kollegen da.«

Balthasar schüttelt den Kopf. »Ich kann gar nicht singen.«

»Also, wenn ich nur tun würde, was ich kann, dann würde ich nicht hier stehen.«

Alice schaut den Mann irritiert an, weil ihr Benzinverkaufen nicht so kompliziert erscheint.

»Du glaubst, das macht sich alles von allein, nech? Das denkt man so. Aber ich hatte mal 'ne Schwangere anner Zapfsäule, da war das Lütte schon halb draußen. Und der Papa musste erst tanken, sonst wär' der gar nicht mehr ins Krankenhaus gekommen. Wat meinste, wie ich dem zureden musste?«

Er reicht ihnen Kaffee rüber und dazu Croissants.

»Dat geit aufs Haus, sind sowieso von gestern. In der Ruhe liegt die Kraft, hab' ich dem Papa gesagt. Jetzt bloß nich hibbelig werden. Schön langsam fahr'n. Hat ja keiner was von, wenn das Baby da ist, aber die Mama tot.«

Melchior zuckt zusammen.

»Tja, so ist das Leben. Letzte Woche fuhr hier 'n Leichenwagen vor. Aber der Bestatter wollte gar nicht tanken. Der hat bloß sechs Packungen Minzdrops gekauft. Extra stark. Wegen dem Geruch, denk ich mir. Wenn deine Oma verwest, riecht die auch nicht mehr nach Veilchen.«

Er nimmt einen Schluck Kaffee.

»Parfüm hab ich übrigens auch. Falls ihr noch ein Weihnachtsgeschenk für eure Mama braucht. Oder 'ne Mütze. Ist doch bestimmt frisch an den Ohrn unner deiner Krone da.«

Der Zweifel lehnt am Regal und schaut vielsagend zu Alice. Er braucht nichts zu sagen, sie weiß auch so, was er denkt: Wäre das Normale, oder? Geschenke für Mama, eine Tüte Brötchen und dann nichts wie nach Hause bei dem Wetter. Sein Anzug ist mittlerweile auch ganz schön zerknittert. Alice winkt ihm aufmunternd zu, bevor das Grau des Wintertags sie draußen wieder verschluckt.

Die Landstraße versucht erst gar nicht, einladend zu wirken. Immerhin gibt es einen Radweg. Alice fröstelt trotz der Daunenjacke. Komisch, wie einem sogar der Geruch von Aufbackbrötchen und Benzin heimelig vorkommen kann. Aber Heimweh hat sie nicht. Sie will ja nicht zurück. Also Fernweh? Nee, denkt sie. Fernweh ist es auch nicht. Eher Wärmweh.

*

Der Wolf ist auch allein. Aber das macht ihm nichts aus. Einsam ist er nicht. Er weiß, dass da draußen andere sind. Er kann sie riechen. Er kann sie hören, wiesen- und wälderweit. Bald wird er eine Fähe finden.

*

Hinter Hertas Wiese klackert der Blinker des Busses. Herta hat immer Blumen gesät. Ohne Sinn und Nutzen, da waren sich alle einig. Als ob die Kühe lieber was Buntes im Maul hätten. Fotos haben sie trotzdem gemacht, als das mit den Handys anfing und jeder plötzlich den Alltag fotografierte, als wär's wer weiß was. Jetzt gibt es nichts mehr zu fotografieren, Herta liegt unter der Erde und über der Erde wird Mais angebaut. Wie fast überall. Auf der rechten Seite taucht die Tankstelle auf. Mit Shop, wo man Kaffee und sogar Brötchen kaufen kann. Da hat man doch automatisch Benzingeschmack im Mund, denkt Jockel, aber anscheinend läuft es. Es heißt, die Leute kaufen mehr Kaffee, als dass sie tanken. Zum Mitnehmen natürlich. To go. Als das erste Mal zwei Leute in Jockels Kneipe einen Kaffee to go bestellt hatten, hatte er keinen blassen Schimmer, was die wollten. Als sie es ihm erklärten, hat er sie angeguckt wie als wär'n die vom Mars. »Ihr wollt mit eurem Kaffee lieber durchs Dorf marschieren, als hier gemütlich zu sitzen?«, hatte er gefragt und die Welt nicht mehr verstanden. Wozu war denn eine Kneipe da, wenn nicht, um anzukommen? Sogar eigene Tassen holten sie aus der Tasche und Jockel fragte sich, was die wohl noch alles da drin hatten. Verrückte Welt.

Ruhig, Jockel, denkt er. Ist sowieso vorbei. Musst aufpassen, dass du nicht so ein grantiger alter Nörgler wirst. Die Busfahrerin schaut ihn von der Seite an, als würde sie spüren, was er denkt.

»Und«, fragt sie, »wie geht's denn so? Jetzt, wo die Kneipe zu ist?« Natürlich weiß sie das. Sowas spricht sich rum.

Jockel sagt »Muss ja«, weil man das so sagt. Und es stimmt ja. Auch wenn Jockel nichts mehr muss, muss es doch irgendwie weitergehen. Muss man aufstehen, um nicht unterzugehen. Nur ob noch was kommt, das weiß man nicht. Mit 82 hat man das meiste gesehen, da wiederholt sich viel, nicht nur im Fernsehen.

»Hast du denn schon einen Weihnachtsbaum?«, fragt die Busfahrerin. »Ach weg doch«, sagt Jockel und macht so eine Handbewegung, als wollte er noch eine Menge mehr wegwerfen. »Brauch ich nicht mehr.«

»Brauchen braucht man das ganze Weihnachtsfest nicht. Aber wollen wollen könnt man es ja.«

Die Busfahrerin ist manchmal eine Philosophin. Dann redet sie so Sachen, die kein Mensch versteht. Aber das macht nichts, sie erwartet nicht unbedingt eine Antwort. Die Worte fahren mit und brauchen nicht viel Platz. Manchmal setzt sich eins in Jockels Kopf fest, und er hat was zum Denken für den Rest des Tages.

Er mag die Busfahrerin, weil sie nicht aufdringlich ist. Clara würde sagen: Ich bring dir 'n Baum, und er würde sagen: Ich will keinen. Und Clara würde sagen: Keine Widerrede, und dann würde er am Heiligen Abend davorsitzen und sich elend fühlen, weil der Baum ihm erzählt, dass er allein ist und Weihnachten nichts für Leute ist, die allein sind.

*

Im Gehen entwischen irgendwann die Gedanken, egal, wie sehr man aufpasst. Sie lassen sich nicht an die Leine nehmen.

»Macht ihr sowas eigentlich öfter?«, fragt Alice.

Neben ihr geht Caspa. Mit Caspa kann man gut Gedankenspielen, das gefällt Alice. Sie hat das Gefühl, alles sagen zu können, ohne vorher prüfen zu müssen, ob es Quatsch sein könnte. Caspa öffnet irgendein Fenster in ihrem Kopf.

»Was meinst du mit ›sowas‹?«

»Na, auf die Suche gehen ...«

»Du nicht?«

Alice überlegt. »Naja. Ich suche meine Schlüssel. Passwörter. Solche Sachen eben.« Sie macht eine Pause. »Und Erleuchtung natürlich.«

Erleuchtung kann man nur ironisch sagen. Weil es sonst gleich nach Räucherstäbchen riecht. Aber irgendwas daran meint sie ernst. Manchmal fühlt sie sich genau wie dieser Dezembertag. Halbdunkel. Dann bräuchte sie einen Lichtschalter für innen drin.

»Wenn jeder eine eigene Sonne hätte, das wär doch was. Eine, die man anknipsen kann nach Bedarf, wie eine Tischlampe.«

»Du meinst, viele kleine Sonnen statt einer einzigen großen?«, fragt Caspa.

»Ja. Das wäre doch praktisch und hübsch zugleich. Licht, das du immer bei dir hast.«

»Nur wäre dann jede Person in ihrer eigenen Umlaufbahn. Wo würden wir einander begegnen?«

»Ich zeig dir was«, sagt Caspa und holt das Handy raus. Auf dem Display beginnt ein Feuer zu lodern. »Das ist eine App. Selbst programmiert. Sie misst Puls und Herzschlag und prüft in regelmäßigen Abständen, ob man noch am Leben ist.« Alice kommt das etwas überflüssig vor, aber Caspa meint, dass man sich manchmal nicht so sicher sein kann.

»Außerdem kann die App noch mehr. Sie schaut in die Sterne, misst die Umgebungstemperatur und berechnet anhand der Koordinaten für x = Sehnsucht und y = Erlösung einen realen Ort.«

Der Zweifel verdreht die Augen. Diesmal ist Alice auf seiner Seite. »Das klingt etwas eigenwillig ...«

»Ja, nicht?«, Caspa lächelt zufrieden.

Alice schüttelt den Kopf. »Man kann Sehnsucht nicht berechnen. Man kann Erlösung nicht berechnen. Was soll das überhaupt sein – Erlösung? Das ist so abstrakt, geht es nicht ein bisschen konkreter?«

»Konkret ist die Straße, der Nieselregen, mein Rucksack, der Schmerz in deiner Schulter, konkret ist auch dein Zweifel, der wie ein Geist über dir schwebt. Das Konkrete ist da. Dafür brauche ich keine App, ich brauche nur meine fünf Sinne zu benutzen.«

Ein Bus überholt sie, auf dem Heck steht in einer Sprechblase »Ihr nah gelegenes Schlaraffenland«. Alice sieht ihm hinterher und überlegt, wo das wohl liegt.

»Und du glaubst dieser App?«

»Zumindest führt die App mich an Orte, die mir fremd sind. Das andere kenne ich ja schon. Und wo ich weiß, was mich erwartet, erwarte ich nichts mehr.«

Die nächsten zwei Kilometer läuft in Alices Kopf *Alle Jahre wieder* in Dauerschleife. Ist das das Problem? Dass sie

Weihnachten in- und auswendig kennt? Hat sich das Weihnachtsfest aufgehängt wie ein defektes Computerprogramm?

Caspas App schlägt vor, auf eine Nebenstraße abzubiegen. Hier sind weniger Autos unterwegs, aber wenn eins kommt, müssen sie fast in den Graben ausweichen, so schmal ist es. Windschiefe Alleen führen zu einzelnen Höfen. Alice findet, alle sehen schwermütig aus. Als trügen sie die Last des Himmels auf ihren backsteinroten Schultern. Nirgendwo regt sich etwas.

»Lebt hier wer?«

»Dahinten vielleicht«, sagt Caspa. Vor ihnen liegt ein Hof, in dessen Giebel ein Stern orange leuchtet. Eine Linde greift mit ihren Ästen nach etwas Unsichtbarem, und zurückgesetzt gibt es noch ein weiteres Gebäude, eine Scheune oder ein Stall. »Kommt«, sagt Balthasar. »Wir fragen, ob wir da drin übernachten dürfen.«

Eine Klingel gibt es nicht, dafür steht auf einem handbemalten Stück Holz: »Bitte Singen, Jaulen oder Klopfen!« Sie entscheiden sich fürs Klopfen. Eine Frau öffnet die Tür. Sie trägt eine Art Kaftan, der mit goldenen Sternen bestickt ist. Wie eine Bäuerin sieht sie nicht gerade aus. Eigentlich kennt Alice Bäuerinnen auch nur aus Zeitschriften.

»Äh, guten Abend«, sagt Balthasar. Seine Krone passt gut zu ihrem Mantel. »Wir wollten fragen, ob wir wohl eine Nacht in Ihrem Stall da schlafen könnten.«

Die Sternenfrau zieht eine Augenbraue hoch. »Im Stall? Ist das nicht 'n büschen kalt um die Jahreszeit? Selbst die Mäuse sind ins Haus gezogen. Nee, kommt man erstmal rein. Ich hab gerade Tee aufgesetzt.«

Sie setzen ihre Rucksäcke ab und stellen die dreckverschmierten Schuhe in die Ecke. Eine Katze schaut, wer gekommen ist, und wendet sich gelangweilt ab. Sie folgen ihr in einen riesigen Raum, von dem mehrere Türen abgehen. Von den Deckenbalken hängen unzählige Schnüre mit Glasscherben. Manche sind zu Prismen geschliffen, andere sehen bedrohlich spitz aus. Dazwischen leuchten Glühbirnen, als sei das Ganze ein riesiger Kronleuchter. Der Raum ist hoch, die Decke liegt im Dunkel, so dass der Eindruck einer Kathedrale entsteht.

»Wow«, sagt Melchior. Die Sternenfrau nimmt einen Bambusstab und lässt ihn durch die Scherben gleiten. Ein helles Klirren ertönt. »Wie Schlittenglöckchen«, staunt Melchior. »Nur, dass der Schnee fehlt.«

Die Sternenfrau nickt. »Irgendwas fehlt immer. Das muss man dann eben selber machen. Setzt euch. Der Tee ist heiß und der Kuchen selbstgekauft.« Sie setzen sich an einen Holztisch, auf dem in der Mitte ein Satz eingebrannt ist: Das Universum beginnt hier.

»So. Ihr wandert also durch den Winter. Warum nicht? Mehr Platz ist auf jeden Fall, wenn alle anderen hinterm Ofen hocken. Schlafen könnt ihr in der alten Mägdekammer. Müsst ihr 'n büschen zusammenrücken, aber das passt schon. Klo ist gleich nebenan. Kochen macht ihr, ich muss mich um unsere Ole Anni kümmern.«

»Ist das die Kuh?«, fragt Balthasar.

Die Sternenfrau lacht. »Nee, die Oma.«

Sie zeigt auf ein samtenes Sofa im hinteren Teil des Raums. Dort liegt eine alte Frau. Ihre Augen sind weit geöffnet und folgen dem Schattenspiel der Scherben. Dazu summt sie leise hohe Töne.

»Ist ordentlich tüddelig, aber meine kleine Installation hat es ihr angetan. Hätte sie früher nie geduldet. Nicht mal, wenn sie ihr gefallen hätte. ›Schön ist es im Himmel‹, hat sie immer gesagt. ›Hier wird gearbeitet.‹ Seit ihr Kopf streikt, genießt sie.«

Der Blick der alten Frau scheint aus einer anderen Welt zu kommen. Alice fühlt sich unbehaglich. Sie weiß nicht, ob sie in diese Welt hineingezogen werden möchte.

»Ist sie ... verrückt?«

»Dement nennt man das wohl. Ich würde sagen, sie ist wieder Kind geworden. Anfangs war sie zornig. Eigentlich war sie zornig, solang ich denken kann. Das ist vorbei. Jetzt ernährt sie sich von süßem Brei und lutscht Karamelltoffees, so viel sie will, und an guten Tagen spielen wir Memory nach ihren eigenen Regeln. Der Kater mag sie, sie unterhalten sich in einer geheimen Sprache. Vielleicht philosophisch. Manchmal kichern sie. Vielleicht machen sie sich auch einfach über meine Schuhe lustig. Ich weiß es nicht. Einmal in der Woche kommt der Pflegedienst und schaut, dass sie sich nicht wundliegt. Aber sie steht ja auf, wenn es ihr passt. Vorgestern habe ich sie tanzend im Mondlicht gefunden, weil dabei ein Stuhl umfiel und reichlich Radau machte.«

Alice nimmt ein Stück Zuckerkuchen und lehnt sich zurück. Die Wärme und die Stimmen der anderen machen sie angenehm schläfrig. Zuckerkuchen ist Beerdigungskuchen, denkt sie und ist trotzdem froh, dass es keine Zimtsterne gibt. Übermorgen ist schon Weihnachten. Zuhause werden sie jetzt den Baum aufstellen und den Rumtopf öffnen. Nur probieren, wird Mama sagen. Alice schließt die Augen und stellt sich vor, wie es wäre, wenn sie alle zusammensäßen: Mama, Papa, Flori, Balthasar mit seiner zerknickten Krone, der zarte Melchior und Caspa mit den wunderlichen Ideen. Der Tankstellenmann und die Sternenfrau. Opa, der schon zehn Jahre tot ist, wäre auch dabei. Und natürlich das Jesuskind, obwohl das längst kein Kind mehr ist. Aber genau das geht ja an

Weihnachten: Kind sein, wenn man längst erwachsen ist. Selbst der Zweifel in seinem unbequemen Anzug dürfte mitfeiern und ihnen zuprosten.

Die Sternenfrau beginnt leise zu summen: *Alle Jahre wieder kommt das Christuskind ...* Alice stimmt ein, und auch die anderen machen mit. Plötzlich erhebt sich eine uralte Stimme und singt brüchig ... *auf die Erde nieder, wo wir Menschen sind.* Die alte Frau hat sich aufgesetzt. Ihr Gesicht leuchtet im Dunkel wie das einer Königin.

Da pfeift der Kessel auf dem Herd, die Sternenfrau steht auf, um noch mal Tee aufzugießen, und der Moment ist vorüber.

Beim Essen spürt Alice, wie verspannt ihr Nacken ist. Erst denkt sie, es sei der Rucksack. Dann merkt sie, dass es die Scherben sind, unter denen sie sich wegduckt.

»Ist das nicht gefährlich? Ich meine, wenn eine Schnur reißt ...«

»Wie viele Sternschnuppen hast du schon gesehen? Hattest du jedes Mal Angst, dass dir eine auf den Kopf fällt? Ein bisschen Risiko ist immer. Kontrolle ist eine Illusion.« Die Sternenfrau zündet vier Kerzen auf einem Kranz aus Moos an. »Omas größte Angst war es, die Kontrolle zu verlieren. Jetzt ist es geschehen und sie ist glücklich. Nehme ich jedenfalls an. Seid ihr glücklich?«

Balthasar schnipst das Streichholz vom Tisch. »Glück! Immer diese Frage nach Glück! Glück ist eine Diva.«

Alle sehen ihn überrascht an. Eigentlich ist er der Beherrschteste von ihnen. Dafür ist seine Reaktion ziemlich heftig. »Ist doch wahr! Glück nimmt sich zu wichtig. Ich bin zornig. Das macht mich glücklicher als Glück. Glück macht träge. Glück will, dass alles bleibt, wie es ist. Aber

Zorn treibt an. Zorn will was verändern. Weihnachten ist Zorn, keine Glückseligkeit. Die Welt soll sich ändern, ist das nicht die Idee? Ein Kind wird geboren und am Anfang lächelt ein Kind nicht. Es schreit. Warum tut alle Welt so, als sei das süß? Wenn das Gott ist, dann schreit Gott.«

»Ach Gott ...«, sagt die Sternenfrau und Alice fragt sich, wen sie meint.

Die Scherbenschatten tanzen im Kerzenlicht über die Wände.

»Glück ist, wenn man nicht wegläuft«, sagt Caspa.

Die Sternenfrau runzelt die Stirn. »Tut ihr das nicht gerade?«

»Wir laufen nicht weg, sondern hin.«

»Aha. Und wohin?«

»Auf Weihnachten zu.«

»Ich dachte immer, das kommt von selbst.«

»Und wenn es sich verirrt im Dschungel der Tannenbäume und der gebratenen Puten?«

»Tja«, sagt die Sternenfrau und steht auf. »Ich hab es nicht so mit den Traditionen. Und mit Weihnachten auch nicht. Wozu braucht man das? Macht es euch doch selbst schön. So, wie es euch gefällt.«

Vielleicht kann man nicht alles selbst machen, denkt Alice.

In der Nacht schläft Alice schlecht. Der Zweifel sitzt auf ihrer Bettkante und spielt wieder Bankberater. »Soso, du verbringst Weihnachten also mit einem zornigen Schreihals und einer verrückten Alten? Das hättest du einfacher haben können. Nach dem dritten Schnaps mit Onkel Heinz. Allerdings hat dich bei ihm die Schreierei immer genervt ...« Alice dreht sich zur Wand, aber der Zweifel rechnet ihr vor, dass ein Winterurlaub auf den Kanaren zwar kostspieliger, vom Erholungsfaktor jedoch günstiger gewesen wäre. »Außerdem wären 25 Kilo Gepäck erlaubt gewesen. Dein Shirt müffelt.«

Am nächsten Morgen wacht Alice auf und fühlt sich verkatert. Obwohl es seit Tagen keinen Alkohol gab. Die anderen sind schon auf, also packt auch sie schnell ihre Sachen und folgt dem Kaffeegeruch. Die Sternenfrau ist geschäftig und nimmt wenig Notiz von ihnen. Ole Anni weigert sich, ihr Toastbrot zu essen und wirft damit nach der Katze. Die duckt sich weg, das Toast landet auf dem Fußboden. Das Ganze wird begleitet von diversen Flüchen.

Genau in dem Moment kommt die Sonne raus. Alice ist so geblendet, dass sie die Augen schließen muss. Als sie sie wieder öffnet, ist der Raum in Licht getaucht. Die Prismen brechen es in hunderte kleine Regenbögen. Es sieht überwältigend aus.

Der Zweifel steht im Türrahmen und lächelt: Na also.

Alice weiß genau, was er denkt. Dass Zorn nichts zum Leuchten bringt. Und dass man im Übrigen Glück sehr wohl selbst machen kann. Man braucht nur ein paar Glasscherben aufzuhängen.

Oder einfach ein paar Christbaumkugeln, fügt er hinzu.

»Und die Sonne? Die hat die Frau ja wohl nicht aufgehängt, oder? Ohne Sonne sind das einfach nur Scherben.«

Dass du immer das letzte Wort haben musst, sagt der Zweifel.

»Dass du nie zugeben kannst, wenn du dich irrst«, sagt Alice.

*

Der Bus wird langsamer und biegt in den Kreisel ein. Der ist auch neu. Mitten im Feld, damit es nicht zum Stau kommt zwischen Starenkästen und Rinderweide. Jockel kichert ein bisschen, als er sich vorstellt, wie die Stare brav im Kreis fliegen, bevor sie nach Süden abbiegen.

Jetzt sind allerdings keine Vögel am Himmel zu sehen, sondern vier Fremde am Straßenrand. Und ein Pudel. »Wo kommen die denn her?«

Fremde fallen sofort auf, mindestens drei Tage, bevor sie da sind. Weil alles so platt ist. Hier kann sich keiner verstecken. Komische Vögel, denkt Jockel. Ist das eine Krone, die der eine da trägt?

*

Als sie den Ort erreichen, beginnt es schon wieder zu dämmern. Alices Füße tun weh. Alles tut weh und ist feucht und das Herz ist klamm. Das Hoch der ersten Tage hat sich verzogen. Warum hatte sie sich noch mal auf diese Anzeige gemeldet? Was wollte sie? Ein Abenteuer? Sie kann sich nicht erinnern.

»Das ist gut«, sagt Balthasar, der manchmal Gedanken liest. »Dann bist du jetzt in Phase zwei.«

Alice sieht ihn fragend an. »Wie viele Phasen gibt es?«

»Ich habe aufgehört zu zählen.« Er zwinkert ihr zu. »Das ist dann Phase drei. Kommst du auch noch hin.«

Von den Dreien ist Balthasar Alice das größte Rätsel. Meistens wirkt er aufgeräumt und auch ein bisschen unnahbar. Balthasar hat immer eine Lösung: Wo sie schlafen werden, was sie essen, wie weit sie gehen, und Alice hat nichts dagegen, die Verantwortung an ihn abzugeben. Sein Ausbruch bei der Sternenfrau passt nicht in ihr Bild.

»Was war das eigentlich gestern?«, fragt sie. »War das dein Ernst? Dass du zornig bist?«

»Zu heftig?«

»Das meine ich nicht ...« Sie sucht nach Worten. »Es wirkte eher so, als hättest du eine Tür zu einem Raum geöffnet, der mal Durchzug braucht.«

Balthasar schweigt, und gerade als Alice sich fragt, ob sie ihn verärgert hat, murmelt er: »Meinst du?«

*

Jockel kennt den Optiker schon von früher. Als der noch ein kleiner Pröks war. Der Vater vom Optiker war auch Optiker. Seine Großeltern wohnten im selben Dorf wie Jockel, und der Optiker kam oft zu Besuch. Er spielte nicht mit den anderen Kindern, sondern war meistens allein mit einem Feldstecher und einer Lupe unterwegs. Der wird mal Forscher, hatte Jockel immer gedacht. Oder Entdecker. Dann wurde er Optiker und übernahm das Geschäft seines Vaters.

Jockels Vater hatte nichts zu übergeben, und deshalb muss Jockel jetzt von seiner schmalen Rente leben. Eine Schande sei das, sagt der Optiker. Wo er doch sein Lebtag geschuftet hat.

»Passt schon«, wiegelt Jockel ab.

»Sagen Sie das nicht«, brummt der Optiker. »›Passt schon‹ passt meistens nicht. Schon gar nicht bei Brillen.« Er biegt den Bügel zurecht und setzt Jockel die Brille auf die Nase. In seinem weißen Kittel sieht er aus wie ein Engel, findet Jockel. Allerdings nur ohne Brille. Da ist die Welt im Ganzen weicher. Eigentlich gefällt Jockel das besser. Der Optiker ist anderer Meinung, er will Brillen verkaufen.

Jockel hätte nichts dagegen, wenn die Welt ein bisschen unscharf wäre. Dann gäbe es weniger Verletzungsgefahr. »Papperlapapp«, sagt der Optiker. »Sie werden sich wundern, was Sie mit der neuen Brille alles erkennen. Lesen Sie!«

»pQvf1wAb8«, liest Jockel. Buchstaben, die keinen Sinn ergeben.

»Sehen Sie«, nickt der Optiker zufrieden. »Alles ganz klar.«

Die Ladenglocke klingelt. Vier junge Leute kommen rein. Und ein Pudel. Einer trägt eine Krone aus Glanzpapier. Die kenn ich doch, denkt Jockel. Eine metallische Stimme sagt: »Sie haben ihr Ziel erreicht.«

»Hier?«, fragt der mit dem Pudel.

Der Optiker fragt: »Sie wünschen?«

»Wir suchen ein Kind. Neugeboren.«

Die Frau sieht überrascht auf.

»Tut mir leid«, sagt der Optiker. »Ich führe nur Brillen.«

»Wieso ein Kind?«, fragt die Frau. »Seit wann suchen wir ein Kind?«

»Ich habe seinen Stern gesehen«, erklärt der mit dem Pudel.

»Da kann es sich um Migräne handeln«, erklärt der Optiker. Alle sehen ihn fragend an.

»Sterne, Blitze, Schlieren. Wenn man Dinge sieht, die nicht da sind. Aber keine Sorge, man kann das beheben.«

»Und wenn man das nicht beheben will?«

»Dann ist man hier falsch. Bedaure.«

Jockel setzt die Brille ab. Plötzlich sieht er sie wieder vor sich, ganz klar: ein junges Paar. Sie mit riesigem Bauch. Vor ein paar Tagen standen die beiden vor seiner Tür. »Ich habe sie weggeschickt«, flüstert er.

Alle drehen sich zu ihm um.

»Ein schwangeres Paar«, erklärt Jockel. »Die haben gefragt, ob bei mir ein Zimmer frei ist. Aber ich hab' doch zugemacht. Kam ja keiner mehr. Der Ofen ist aus. Die Heizung ist abgestellt. Wo hätte ich die denn lassen sollen?«

Jockels Augen glänzen verdächtig.

»Eine Schande«, ruft der Optiker eine Spur zu laut, weil er tränende Augen nur ertragen kann, wenn er vorher Tropfen hineingeträufelt hat.

»Und jetzt?«, fragt Balthasar und nimmt seine Krone ab.

»Und jetzt?«, fragt Caspa und starrt auf das Smartphone.

»Und jetzt?«, fragen die beiden anderen und wissen auch nicht weiter.

Der Optiker räuspert sich. »Ich schließe«, sagt er. »Wenn die Herrschaften ...«

Jockel nickt und nimmt seine Mütze. Ist ja alles besprochen. Die Brille wird er nach Neujahr holen. So lange hält er es auch unscharf aus.

Auf dem Weg zur Bushaltestelle sieht er die Vier vor Alibabas Döner stehen. Hätte ich doch ..., denkt er, hätte ich doch – ja, was?

*

»Ihr habt nicht gesagt, dass wir nach einem Kind suchen ...« Alice pult eine Gurke aus ihrem Döner und wirft sie Chico zu, der sie dankbar verschlingt. »Warum tun wir das?«

»Ich glaub an die alten Geschichten«, sagt Melchior. Er flüstert fast, als sei ihm das peinlich. »Ich glaub, dass das Göttliche wiedergeboren wird, wieder und wieder. Man kann es finden.«

»Und du glaubst, du findest es hier? Zwischen Kleinstadt-Optiker und Döner-Imbiss?«

Melchior schweigt.

»Lass ihn«, sagt Balthasar. »Und warum auch nicht hier? Wo denn sonst?«

»Macht ihr deshalb auf dieses Königs-Ding? Ist das eine Art Krippenspiel on the road?« Mittlerweile ist Balthasars Krone ganz schön zerknickt. Er nimmt sie ab und setzt sie vorsichtig auf Alices Kopf. Erst sträubt sie sich, doch dann lässt sie es geschehen. Die Krone ist federleicht, und wie von selbst richtet sich ihr Rücken um zwei Zentimeter auf.

»Komm«, sagt Balthasar. »Lass uns weitergehen.«

Sie verlassen die Stadt und als die letzten Häuser hinter ihnen liegen, umfängt sie die Dunkelheit. Alle vier sind schweigsam. Es ist kalt, vielleicht wird es doch noch Frost geben. Alices Mund schmeckt nach Zwiebeln, und ihr Kopf spielt schon wieder ein Lied in Dauerschleife: *Stille Nacht, heilige Nacht, alles schläft, einsam wacht ...* Im Dunkel stolpert sie über einen plattgefahrenen Igel. Sie flucht. Heilig fühlt sich wirklich anders an. »Wie denn?«, fragt Melchior. Sie weiß keine Antwort darauf und ist auch nicht sicher, ob er eine erwartet.

Eine Stunde vergeht. Und dann noch eine. Einmal meint sie den Schlag einer Kirchturmuhr zu hören. Ihre Füße haben sich selbstständig gemacht. Jule hätte das hier niemals mitgemacht. Such dir mal ganz fix die nächste Pension, hätte sie gesagt. Sie und ihr Zweifel hätten sich bestens verstanden.

Jetzt, wo es so konkret ist, fühlt es sich nicht mehr nach Abenteuer an. Sie suchen also ein Kind. Alle Jahre wieder doch dasselbe. Hauptsache, eine Frau bekommt ein Kind und dann wird alles gut. Egal, wie die Umstände sind. Ob der alte Herr im Brillenladen wirklich ein schwangeres Paar getroffen hat – nun ja. Seine Augen schienen ja nicht mehr die besten zu sein. Wer weiß, wie es um den Rest bestellt ist.

Caspa errät ihre Gedanken und hält ihr im Gehen ein Stück Mandarine hin. »Meine Geschichte ist das auch nicht. Weißt du, was ich denke? Wir sind gemeinsam unterwegs, aber wir suchen nicht dasselbe. Lass Melchior ein Kind suchen. Lass Balthasar König sein. Es gibt nicht nur eine Sache zu finden. Wir haben doch schon so vieles entdeckt. Wir haben Menschen getroffen, die wir gar nicht gesucht haben. Lass ihnen ihren Traum. Träum deinen.«

Die beiden gehen schweigend nebeneinanderher. Alice sagt: »Ich habe das an Weihnachten noch nie verstanden. Was ist so besonders daran? Jeden Tag werden eine Million Babys geboren. Die alte Geschichte. Aber es ist nicht meine.«

»Was ist deine Geschichte?«, fragt Caspa.

Wieder sind eine Weile nur ihre Schritte zu hören. Dann erzählt Alice: »Ein Mädchen kommt zur Welt. Es übt 30 Jahre gehen. Immer wieder fragt jemand: Bist du soweit? ›Ich bin auf dem Weg‹, sagt es und während es das sagt, ahnt es schon, jemanden zu enttäuschen.«

»Das ist deine Geschichte?«

»Die Kurzfassung, ja.«

»Alice«, sagt Caspa und hält an. Der Mond klettert über die Tannenspitzen. Feierlich legt Caspa die Hände auf Alices Schultern. »Ich weiß ja nicht viel. Sonst wäre ich nicht hier. Aber eins weiß ich sicher: Du bist nicht auf der Welt, damit du niemanden enttäuschst. Und glaub mir, ich weiß, wovon ich rede.«

Mit doppelter Verneinung hatte Alice schon immer Probleme, doch dieses Mal klingt es irgendwie logisch: Doppelt hält besser.

Caspa nimmt die Hände von Alices Schultern, und sie gehen weiter.

»Und du?«, fragt Alice. »Was hast du in der Dunkelheit verloren?«

»Sicherheit«, sagt Caspa.

»Du? Gerade du? Du wirkst auf mich wie der sicherste Mensch, den ich kenne.«

Caspa schüttelt den Kopf. »Ich bin mir überhaupt nicht sicher. Tag für Tag weniger. Ich bin nicht sicher, was richtig ist und was falsch. Wann es gut ist zu kämpfen und wann loszulassen. Ob es ein Ziel gibt oder ob man mehr entdeckt, wenn man querfeldein durchs Leben läuft. Ich bin mir nicht mal sicher bei so einfachen Sachen, wie der Frage, ob ich Fleisch esse. Würde ich Melchiors Pudel essen? Nein. Aber ein Putensteak? Schon eher. Warum? Ist ein Leben wertvoller als das andere? Auf keinen Fall. Und doch verletze und töte ich jeden Tag. Und sei es den Käfer unter meinen Füßen, den ich nicht sehe. So sehr ich mich auch anstrenge, ich kann es nicht verhindern. Was also tun? Was hilft?«

»Mitgefühl«, murmelt Melchior hinter ihnen.

Jockel hat kein Licht gemacht. Der Mond ist gerade so hell, dass Tische und Stühle Schatten werfen. Stühle, auf denen niemand mehr sitzt. Wenn Jockel die Augen zu ganz engen Schlitzen kneift, kann er ihre Silhouetten sehen: Begemanns Bernd. Den einarmigen Heinrich. Lotte, die jeden Abend einen Himbeerlikör trank und so lächelte, als sähe sie etwas, das kein anderer sehen kann. Die Sonntagsspaziergänger, die immer ein bisschen enttäuscht waren, dass es keinen Kuchen gab – und dann gar nicht mehr aufhörten, das Schmalzbrot zu loben. Der schweigsame Pastor. Nach sieben Monaten war er plötzlich weg. Jockels Vater. Nur ein Glas Milch wollte er, weil er nicht trank. Und sich auch sonst unwohl fühlte unter so vielen Leuten. Jockel sieht, wie er am steifen Kragen des Sonntagshemds nestelt, sein einziges, das musste reichen bis zur Beerdigung.

Dann sieht er wieder das Paar. Es stand in der Tür. Ob er Zimmer vermiete, fragte das Mädchen.

»Nicht mehr«, sagte er. Aber in der Stadt gäbe es ein Hotel.

»Ja«, nickten sie. Da kämen sie her, das hätten sie gesehen.

Vielleicht war es ihnen zu teuer. Sie trugen große Rucksäcke und Wintermäntel, die nicht mehr ganz sauber waren. Jockel versuchte, nicht auf den Bauch des Mädchens zu starren. Wie ein riesiger Ballon sah der aus.

Warum habe ich sie nicht reingebeten? Ein Teebeutel hätte sich schon gefunden. Damit sie sich aufwärmen können. Clara hätte bestimmt was zum Übernachten gewusst. Oder sie hätte ihnen allen Linsensuppe gekocht. Mit Mettendchen. Jockel leckt sich die Lippen. Warum habe ich sie einfach zurück in die Nacht geschickt?

*

Die Nacht deckt Feld und Dächer zu und die Mülltonne in der Einfahrt, das Reh im Wald, den toten Igel und die unsichtbaren Spuren des Tages auch.

Die Nacht macht keinen Unterschied. Sie steckt alle unter eine Decke. Die Liebenden und die Einsamen. Die Schläger und die mit dem blutenden Herz. Den Krankenpfleger, der seine Runde dreht. Die Sängerin in einer staubigen Bar. Das Kind mit seinem Plüschteddy. Einen, der die Nachtschicht an der Tanke macht, obwohl keiner kommt. Eine, die noch mal durch alle Programme zappt. Während nebenan jemand wartet, dass das Telefon vibriert.

Die Nacht schweigt sie zusammen.

Alice liegt mit offenen Augen im Dunkel und schaut.

Sie haben die Straße verlassen und im Wald einen Unterstand gefunden, für Rehe oder Hirsche, nimmt sie an. Es gibt etwas Heu, darauf liegt es sich weich, und falls es heute Nacht noch mal regnet, schützt ein Dach vor dem Gröbsten. Manchmal hört sie ein Knacken oder ein Rascheln, Geräusche, die sie nicht zuordnen kann. Aber da ist auch der Atem der anderen. Der beruhigt sie.

Alice dreht ihren Kopf zu Caspas Gesicht. Die Augen sind geschlossen. Ich mag die Schwebe, in der du dich aufhältst, denkt sie. Dass sie dort gern zu Besuch ist. Jenseits der festen Begriffe ist alles leicht. Caspas Gesichtszüge sind lang und fein, über der Nase punkten einige Sommersprossen, obwohl doch Winter ist. Sie würde gern die Stelle mit den Sommersprossen berühren. Wie es ist, wenn ihre Hand darüber schwebt und wie sich die Landung anfühlt.

Am Nachmittag, als der Himmel grau und tief über ihnen hing und kein Horizont zu sehen war, hat Caspa gesagt, dass Grau ein schöner Zwischenraum sei. Zwischen schwarz und weiß, und dass man sich nicht beeindrucken lassen solle von denen, die immer wissen, auf welcher Seite sie stehen. Die wissen, was richtig oder falsch, Frau oder Mann, Ich oder Du, Tag oder Nacht ist. Viel interessanter ist die Dämmerung. »Das Niemandsland«, hat Caspa gesagt und gelacht. »Lass es uns besiedeln.« Alice hat genickt und ihre Gedanken schweben lassen zwischen Hand und Haut.

Was ist mit Jule?, fragt der Zweifel. Dass er nicht einfach mal schlafen kann. Jule ist auf einmal weit weg. Sie spürt, wie das Schuldgefühl ihren Nacken hochkrabbelt.

So schnell, wie kann das sein? Alice kramt ihren Tagtraum hervor, aber er ist blass.

Macht nichts, sagt der Zweifel. Ich war sowieso nie ein Fan von Jule.

*

Chico hat den Wolf längst gewittert. Er riecht nach Rehgulasch. Schlecht gewürztem Rehgulasch.

Irgendwie kommt er ihm vertraut vor.

»Kennen wir uns?«, fragt er und deutet ein Schwanzwedeln an.

»Nicht aus diesem Leben«, knurrt der Wolf. Eine Plaudertasche scheint er nicht zu sein. Chico spürt seinen neugierigen Blick.

»Was tust du hier?«, fragt der Wolf, als wolle er abschätzen, ob sie sich künftig arrangieren müssen.

»Was meinst du? Ich versuche zu schlafen. Aber hier knackt es ja dauernd irgendwo.«

»Ich meine, warum bist du mit denen da unterwegs?«

Chico schaut auf Melchiors schlafendes Gesicht.

»Das sind meine Menschen. Ich mag sie. Und sie mögen mich. Außerdem ist das Essen gut.«

Der Wolf scheint darüber nachzudenken. »Ich könnte dich mit einem Happs verschlingen. Hier, auf der Stelle.«

»Das würdest du nicht tun ... oder?«

»Ich hab schon gegessen.« Außerdem fühlt sich der Wolf mit diesem Tier da merkwürdig verbunden.

Melchior dreht sich im Schlaf und seufzt.

»Und was tust du hier?«, fragt Chico. »Warum bist du allein?«

»Es wurde Zeit. Ich bin auf der Suche.«

Ach guck, denkt Chico. Wie die anderen.

Als der Wald schließlich schläft, beginnt es zu schneien. Leichte Flocken nur, als wollten sie niemanden stören. Sie bleiben auf den Tannennadeln liegen und an einem Zapfen hängen und das Fell der Tiere bekommt einen weißen Flaum.

Der Wolf träumt von einer Fähe und von Sommerboden, auf dem seine Schritte federn. Die Sonne tanzt durch die Zweige der Tannen. Der Wolf träumt von Schafen auf der Wiese und riecht ihren betörenden Duft. Aber er will nicht kämpfen. In dieser Nacht will er nur spielen. Träumen kann man alles, träumt der Wolf.

Sieben Meter entfernt seufzt Alice im Schlaf.

Im Traum sieht sie eine, die übers Wasser geht. Ihr Gesicht sieht aus wie das von Alice. Jule segelt mit einem Boot vorbei, aber sie erkennt Alice nicht. Am Ufer sitzen die anderen und warten auf sie. Es gibt Brot und Wein und Döner für alle. Ein Reh unterhält sich mit einem Wolf, während eine alte Frau aus losen Fäden eine Patchworkdecke häkelt. Jemand legt ein Kind darauf. Es ist Sommer. In der Nacht hat es gewittert, jetzt ist der Himmel wieder klar. Alles ist grün. Alles leuchtet.

*

Kurz vor Mitternacht schließt der Optiker die Kasse. Es ist still. Er mag diese Stille, wenn keiner mehr kommt. Dann entspannt er sich. Nach Ladenschluss hat er die Abrechnung gemacht und ist noch einmal alle offenen Bestellungen durchgegangen. Zufrieden heftet er die letzten Papiere weg. Brillen werden die Leute immer brauchen. Selber hat er noch immer gute Augen. Manchmal meint er sogar, mit zunehmendem Alter klarer zu sehen. Die Brille, die er trägt, hat Fenstergläser und dient allein Werbezwecken. Von einem Optiker wird das so erwartet. Mit den Jahren hat er sich daran gewöhnt. Jetzt legt er die Brille beiseite und löscht die Lampe. Die Treppe knarrt auf der sechsten und siebten Stufe, als er nach oben geht. An der Wohnung vorbei ins Dachzimmer. Dort ist sein Refugium. Hier oben fühlt er sich sicher. Der Mond scheint durch die Luken, er macht kein Licht und setzt sich. Dann schaltet er auf Empfang. Sein Funkgerät überträgt das Rauschen der Welt. Seit es überall Handys und Internet gibt, ist Funken aus der Mode gekommen, doch das stört ihn nicht. Es gefällt ihm sogar. Irgendwann wird er ein Signal bekommen. Eines, das nur für ihn bestimmt ist. Von einer Person irgendwo in einem anderen Dachzimmer, von einer Person, die genauso wartet wie er.

Aber heute ist es ruhig. Er wechselt die Frequenz. Zwei Frauen tauschen ihre Positionen aus. Jemand fragt nach dem Rezept für grüne Sauce. Dann ist es wieder still.

Er lauscht trotzdem.

*

Am Morgen ist der Wolf verschwunden. Vor Tagesanbruch ist er auf leisen Pfoten aufgebrochen, er hatte eine Verabredung mit einem Reh. Wenn man genau hinsieht, verrät eine feine Spur im Schnee, dass er da war. Und sein Geruch hängt noch in der Luft. Chico hätte den anderen gern von seiner Begegnung erzählt und von dem sonderbaren Ziehen im Magen, das geblieben ist.

»Happs«, ruft Melchior und wirft ein Leckerli in die Luft. Chico fängt es geschickt. Die beiden sind immer als Erste auf. »Braver Junge«, lobt Melchior.

Alice blinzelt. Es ist hell. Ihr Atem wird zu kleinen Wölkchen. Etwas ist anders. Die Luft riecht klar und sauber. Schnee. Es hat geschneit! Wie wunderbar ist das? Ganz still bleibt sie liegen. Riecht das Heu und den Waldboden. Im Schlafsack ist es warm. Die Luft ist weiß. Ein Tag wie ein leeres Blatt.

Der wievielte ist heute? Der 23. oder doch schon der 24.? Ihr innerer Kalender ist unterwegs verloren gegangen. Was sie noch verloren hat: Die Unruhe. Weihnachten hieß immer, dass etwas unerledigt ist. Geschenke, Weihnachtspost, der letzte Friseurtermin des Jahres, Schreibtischsachen, das Gefühl eines zu schnell verstreichenden Jahres. Jetzt hat sie gar nichts erledigt und trotzdem fühlt sie sich ruhig. In einem puderzuckerbestäubten Dezemberwald. Unterwegs mit drei seltsamen Königen.

Neben ihr raschelt Balthasars Schlafsack. Auch Caspas Kopf taucht auf. »Wie spät ist es?«

»Kurz nach hell«, sagt Balthasar und richtet sich auf.

Alice gähnt. »Kaffee wäre schön.«

Caspa kramt das Handy raus. »Lass mal sehen ... das nächste Dorf ist 16 Kilometer entfernt. Wenn man an der Straße geht. Da soll es ein Gasthaus geben.«

»Hier«, sagt Balthasar und hält Alice seine Wasserflasche hin. »Das mit dem Kaffee wird so schnell nichts.«

In einem Bach putzen sie Zähne und waschen ihre Gesichter. Alice lutscht zwei Fingerspitzen Schnee, als wäre es Eiscreme. »Ist das schön«, ruft Caspa, »Leute, ist das schön!«

Die App schlägt vor, weiter durch den Wald zu gehen. Alle sind einverstanden, froh, nicht zurück zur Straße zu müssen. Obwohl es ein Umweg ist. Andererseits ist die ganze Aktion ein Umweg, also ist es okay.

An den Spitzen der Tannennadeln hängen Schneekristalle. Wie winzige Weihnachtssterne, denkt Alice. Der Boden ist weich, nur die oberste Schicht ist gefroren. Dieser Geruch. Sie kann nicht beschreiben, was es ist. Es riecht nach Pilzen, nach feuchtem Laub, nach Dezembermoos, nach Schnee. So ein Geruch, der einen lockt. Weiter hinein in den Wald, hinein in die Stille. Wo man Gast ist. Nein, verbessert Alice ihren Gedanken, weniger als Gast und zugleich mehr. Niemand nimmt Notiz, niemand bietet dir einen Platz an. Niemand hat auf dein Kommen gewartet. Es ist okay, dass du da bist.

Auf einer Lichtung finden sie Bucheckern. Ein Eichhörnchen beobachtet sie aus der Höhe, aber es gibt sich nicht zu erkennen. Selbst Chico nimmt keinen Kontakt auf. Manche Dinge sind da, ohne offensichtlich zu sein.

Alices Gedanken bleiben in den Zweigen hängen:

Wie unbequem muss etwas sein,
damit es spannend wird?

                              Wann verliert ein Weg sein Ziel und
                                         ist sich selbst genug?

Was zählt, wenn ich aufhöre,
Schritte, Stunden, Meilensteine zu zählen?

                                                 Wohin läuft die Liebe?

Wer bin ich, wenn ich ihr folge?

*

Als Jockel um fünf nach neun wach wird, ist er unruhig. Obwohl er tief und fest geschlafen hat, eine Sache, die keine Selbstverständlichkeit ist, seit er die Abende nichts mehr zu tun hat. Irgendwas ist. Hat er einen Arzttermin? Der Optiker war gestern. Später kommt Clara, aber das ist nichts Besonderes. Er schlüpft in seine Fellpantoffeln und seufzt behaglich. Als wenn man seine Füße unter ein Schaf schiebt. Jockel zieht den Vorhang beiseite. Schnee. Sieh einer an. Und das nach all dem Regen. Er kontrolliert das Thermometer. Knapp unter Null. Na, dann bleibt die Pracht nicht lang.

Da fällt es ihm ein: Weihnachten. Heute ist ja Weihnachten. Wieder muss er an das Paar denken. Wo sie jetzt wohl sind? Wenn sie die Landstraße weitergegangen sind, kommt erstmal nichts. Nur ein paar verstreute Höfe. Kein Gasthaus, und auch die Tankstelle liegt in entgegengesetzter Richtung. Jockel macht eine Bewegung, als wolle er etwas wegwischen. »Ist nicht deine Sache«, brummt er. Und selbst wenn, jetzt kann er sowieso nichts mehr tun.

Er schlurft in die Küche, nimmt ein Ei aus dem Kühlschrank und nach kurzem Abwägen ein zweites. Zum Teufel mit dem Cholesterin. Heute ist Weihnachten.

Die Krähe schaut zum Fenster rein. »Naja«, sagt sie und schweigt anschließend vielsagend. Man sollte Krähen nicht zu viel Beachtung schenken, denkt Jockel. Gibt schließlich ziemlich viele von ihnen.

»Von euch auch«, sagt die Krähe. »Weißt du, dass drüben bei den Neubauers wieder ein Kind geboren ist? Das vierte. Ein Mädchen. Was sagst du dazu?«

Jockel brummt. Wenn man im Begriff ist zu gehen, interessieren einen die Ankommenden nicht mehr so. Das ist in etwa, wie wenn man mit dem Mantel schon in der Tür steht und nicht loskommt, weil jemand just dann ein Gespräch beginnt. Wo es eigentlich zu spät ist. Wo man den Mantel wieder ausziehen und im Kopf noch mal die Richtung ändern müsste.

»Wo willst du denn hingehen in deinen Puschen?«, fragt die Krähe und streckt ihre Flügel aus. Jockel brummt wieder. Geht es überhaupt noch ums Wollen? Die Krähe gibt ein bisschen mit ihren Flügeln an, die über jede Sackgasse erhaben sind. Dann faltet sie sie wieder zusammen und legt den Kopf schief, als wollte sie ihn trösten: »Nimm's nicht so schwer. Ihr Menschen, ihr könnt andere Sachen.«

Jockel schlägt die Eier in die Pfanne, dass es zischt. In der Küche breitet sich Buttergeruch aus. Was man sich von einer Krähe alles anhören muss.

Er trödelt ein bisschen rum, bis es fast zwölf ist. Das ist auch so eine merkwürdige Sache am Alter: Manchmal fehlt ihm Zeit. Eben noch war es vormittags und plötzlich schlägt die Kirchturmuhr zu Mittag und er hat keine Ahnung, wo die letzten Stunden geblieben sind. Als wäre ein Teil von ihm an einem geheimen Ort gewesen. Er schüttelt den Kopf. Pass bloß auf, denkt er, dass du nicht noch zu so'nem wunderlichen Alten wirst.

Nachmittags geht Clara mit der Lütten in die Kirche. Wie jedes Jahr hat sie versucht, Jockel zum Mitkommen zu bewegen. Wegen der Kleinen. Bisher hatte er die Kneipe als Entschuldigung. Irgendwer musste ja hinterm Tresen stehen. »Ich bin der Hilfspastor«, hat Jockel immer gesagt und es ein bisschen ernst gemeint.

»Aber dieses Jahr kannst du doch«, drängelte Clara. »Damit du mal unter die Leute kommst.«

Gegen Leute hat Jockel nichts einzuwenden. Nur Kirche muss nicht sein. Da fühlt er sich wie in einem Mittelalterstück mit holpriger Synchronisation.

»Aber du bist doch auch mittelalt, Opa«, hat Merle gesagt. »Aber nicht so alt«, hat Jockel geknurrt und getan, als wäre er ein Wolf, der dringend was zu Fressen braucht. »Am liebsten ein kleines Mädchen.«

»Ich zeig dir meine Zähne«, kreischte Merle, und dann haben sie ein bisschen gebalgt und schließlich zusammen einen Riegel Schokolade gegessen, aber heimlich. Damit sich nicht rumspricht, was für eine Art Wolf Jockel ist, der niemandem was zuleide tut. Und Clara sich nicht aufregen muss, weil sie findet, das Kind isst ohnehin schon zu viel Zucker.

Jockel findet, wenn es einen Tag gibt, an dem man Zucker essen darf, so viel man will, dann doch wohl Weihnachten. Einmal im Jahr kann man den Überfluss feiern, dass sich die Tische biegen. Da kann man zugreifen und keiner sagt: Nu is mal genug, denk an die Zähne oder die Pfunde oder Gottweißwas.

Mit Kirche mag er's nicht so haben, aber Jockel ist überzeugt, dass Weihnachten dazu da ist, großzügig zu sein. Mit sich und allen und jedem.

Wieder fällt ihm das Paar ein.

Just in diesem Moment klingelt es an der Tür.

Draußen steht Clara mit einer riesigen Schüssel Kartoffelsalat. »Wollte ich schon mal vorbeibringen. Den können wir ja nachher schlecht mit in die Kirche nehmen. Würstchen habe ich auch, extra vom Metzger in der Stadt. Hausgeschlachtet und bio, besser geht's nicht. Wo ist denn der Stern, den ich dir mitgebracht habe. Hast du den Stern nicht aufgehängt?«

Jockel schlurft in die Küche und hört nicht richtig zu, weil er mit seinen Gedanken woanders ist. »Ein Schiet ist das. Ich hätte die reinbitten sollen.«

Er hatte Clara von der Sache mit dem Paar erzählt in der Hoffnung, dass sie eine Idee hätte. Aber ihr Interesse war begrenzt.

»Bist du schon wieder bei diesen jungen Leuten? Nun lass mal gut sein. Du kannst doch nicht alle Welt bei dir aufnehmen.«

»Alle Welt hat auch nicht an meiner Tür geklingelt, bloß zwei verfrorene Leute.«

»Und wenn das Betrüger waren? Kannst du doch nicht wissen. Die klopfen jeden Abend woanders und rauben nachts die Wohnungen leer. Oder noch Schlimmeres. Stell dir das mal vor!«

»Da hätte man ja wohl von gehört«, wendet Jockel ein, doch wenn Clara erst mal in Fahrt ist, dann lässt sie sich von vernünftigen Argumenten nicht mehr stoppen.

»Du warst schon immer zu gutgläubig. Hast du vergessen, wie du dem Heinrich hundert Mark geliehen hast für die Beerdigung seiner Großtante? Die angeblich keinen mehr hatte und ohne anständigen Sarg unter die Erde gekommen wäre? Dem seine Großtante ist fünfmal gestorben, die hätte ein Geschäft aufmachen können mit Beerdigungsbedarf.«

»Naja«, murmelt Jockel. »War ja auch 'ne traurige Geschichte. Ich schwör dir, der Heinrich hatte Tränen in den Augen. Als ich ihm den Hunderter gegeben hab, ging's ihm gleich besser.«

Clara schnalzt mit der Zunge. »Du mit deinem weichen Herz. Ist mir schleierhaft, wie sich die Kneipe halten konnte.«

Vielleicht gerade deswegen, denkt Jockel.

»Ich hab' jetzt auch wirklich keine Zeit für so was. Die Geschenke packen sich nicht von selbst ein. Wir sehen uns nachher, und mach dir keine Sorgen wegen dieser Leute. Das sind doch Fremde. Warum sind die überhaupt unterwegs, wenn das Mädchen hochschwanger ist? Bestimmt war die einfach nur dick. Ich hab dir übrigens Margarine in den Kühlschrank gelegt. Halbfett, aber das merkst du gar nicht. Schmeckt fast wie Butter.«

*

Der Optiker schließt sein Geschäft am Mittag. Heiligabend kaufen die Leute keine Brillen, nicht mal in letzter Minute. Ein Brillenetui, das geht schon mal über die Ladentheke. Am liebsten aus Kalbsleder, damit es was hermacht unterm Tannenbaum. Aber im Grunde verstößt so was gegen die Ehre des Optikers. Er ist schließlich kein Gemischtwarenhändler. Ein Optiker sollte kein Tüdelü verkaufen, er hilft den Menschen zu sehen. Klar zu sehen. Deshalb steht er dem Weihnachtsfest auch reserviert gegenüber.

Allem, was das Potenzial hat einzulullen, steht er reserviert gegenüber. Dem Halbdunkel, das die Umrisse weicher macht, und das es nicht so genau nimmt mit der Echtheit. Ihm kommt kein Goldstern ins Schaufenster, solange der nicht aus echtem Gold ist. Und auch wenn sich gewisse Leute über die angeblichen Mondpreise seiner Brillen mokieren – dazu reicht es dann doch nicht. Was echt ist, hat seinen Preis. Wie alles im Leben. Man muss sich entscheiden, ob man bereit ist, ihn zu zahlen. Es stimmt ja, dass drüben auf dem Markt bei seinem Mitbewerber die Leute Schlange stehen, weil es jede Woche eine andere Aktion gibt und Lesebrillen, mit denen man in etwa scharf sieht. Aber »in etwa«, das ist für den Optiker dasselbe wie ein Restaurant mit Plastikblumen auf den Tischen. Da muss man doch fürchten, dass auch die Pizza aus Plastik ist.

Nicht, dass er grundsätzlich etwas gegen Plastik hätte. Brillen können schließlich nicht aus Jute sein. Es gibt hervorragende Kunststoffgestelle. Der Optiker mag es nur nicht, wenn man so tut, als ob.

Manchmal hat er Kunden, die erschrecken, wenn sie zum ersten Mal durch eine Brille sehen. Plötzlich sind die Konturen klar. Sie haben nicht damit gerechnet, dass die Dinge so abgegrenzt voneinander sind. Da ist ein Baum und da ein Haus und dort ist ein Mensch und daneben ein anderer, aber sie verschmelzen nicht miteinander. Alles hat Grenzen. Das beruhigt den Optiker. Zu wissen, wo das eine aufhört und das andere beginnt. Er versteht den Wunsch nicht, alle Grenzen aufzuheben. Das wäre nicht das Paradies. Im Gegenteil. Es wäre die Hölle. Der Teufel ist ein Grenzverwischer. Er redet den Menschen ein, dass alles eine Frage der Sichtweise sei. So dass man nicht mehr weiß, was wahr und falsch, was gut und böse ist. Dem würde der Optiker entschieden widersprechen. Wenn er denn an den Teufel glauben würde. Fast alles ist messbar, zählbar, wägbar. Man braucht nur das passende Gerät.

Er sieht sich um. Am frühen Morgen war die Putzfrau da und hat die Spiegel poliert. Die Brillen schauen ihn an als wollten sie sagen: Alles ist an seinem Platz. Du kannst jetzt Weihnachten feiern.

»Nun ja«, sagt der Optiker. Er widerspricht nicht, weil er keinen Streit beginnen will, doch seine Brillen müssten ihn gut genug kennen, um zu wissen, dass er nicht der Typ für Rührseligkeiten ist.

Er prüft ein letztes Mal, ob die Tür verschlossen ist, dann nimmt er die Stufen zur Wohnung. In der Küche simmert die Suppe. Er hat sie schon am Morgen aufgesetzt. Duft erfüllt den Raum. Er atmet tief ein und steht für einen Moment wieder in der Küche seiner Großmutter. Ein kleiner Junge in kurzen Hosen. Gleich nebenan wohnt sie, Papamama nennt er sie, weil sie Vaters Mutter ist. Im Gegensatz zur anderen Oma, die einfach Oma heißt und im Dorf wohnt. Er setzt sich auf die Eckbank und sieht zu, wie die Großmutter eine große Kelle Nudelsuppe auf seinen Teller gibt und darauf achtet, dass sie besonders viele Nudeln erwischt. Dann greift er zum Löffel, will ihn an den Mund setzen, da hört er einen Schlag und die Großmutter liegt am Boden. Er springt auf, der Teller schwappt über. Danach verwischt seine Erinnerung, bis er plötzlich am Grab steht und die Anzughose kratzt und alles andere ist verschwommen wegen der Tränen.

Der Optiker seufzt und wischt das Bild beiseite. Es erscheint so zuverlässig, dass er sich damit abgefunden hat.

Er wird später seine Suppe allein löffeln. Wie alle Jahre. Früher einmal hat es ihm was ausgemacht. Da war Weihnachten wie ein Zeigefinger, der sich in eine offene Wunde legt. Die Einsamkeit hatte am Tisch Platz genommen und war geblieben. Da half weder Bitten noch Verhandeln. Du hast niemanden, stellte sie fest. Außer mich.

Mit den Jahren haben sie sich arrangiert. Wie jedes alte Ehepaar.

Leises Glockenläuten dringt durch die Mauern. Jetzt, denkt der Optiker, gehen die Leute in die Kirche.

Er schenkt sich einen Fingerbreit Williams Christ ein und nimmt das Glas mit hinauf in die Dachkammer. »Frohe Weihnachten, altes Haus«, flüstert er und setzt sich in den Ledersessel. Er gehörte seinem Großvater, der so gut wie nie gesprochen hat. Ihm fehlte ein Arm und auch sonst einiges. Den Arm hat er in Russland verloren, im Krieg, hatte ihm die Mutter flüsternd erklärt, und der kleine Optiker stellte sich vor, dass irgendwo auf einer Waldlichtung ein Arm lag, man müsste nur mal suchen gehen.

Er greift nach den Kopfhörern. Dann dreht er an den Knöpfen auf der Suche nach der richtigen Frequenz. Seine Reichweite ist begrenzt, aber es gibt Nächte, in denen die kosmischen und atmosphärischen Bedingungen so günstig sind, dass er ein Signal aus Königsberg empfängt. Oder von noch weiter her. Der Funkwetterbericht sagt: Heute könnte so eine Nacht sein.

*

Kurz nach Mittag beginnt es wieder zu schneien. Die Flocken sind dick und schwer und werden schließlich zu Regentropfen. Der Weg verwandelt sich in eine Treckerspur, in der sich nach und nach kleine Tümpel bilden. Die Euphorie des Morgens hat das Weite gesucht. Alice denkt an heiße Schokolade. Wenn das hier ein Film wäre, würde jetzt eine Lichtung auftauchen. Mit einer Hütte und einem rauchenden Schornstein, Musik würde einsetzen, warme Streicher. Aber Alice hört nur das eintönige Pockpockpock des Regens auf der Kapuze.

»Warum habt ihr mir nicht gesagt, dass wir ein Baby suchen?«, fragt sie. Die Sache lässt sie nicht los. Irgendwie fühlt sie sich betrogen. Als sei sie durch die Hintertür doch wieder da angekommen, wo sie nicht hinwollte.

»Du hast nicht gefragt«, brummt Balthasar.

»Muss ich dann damit rechnen, dass ihr auch einen Banküberfall plant? Weil – danach habe ich auch nicht gefragt.«

Schweigend stapfen sie weiter durch den Matsch.

Nach einer Weile setzt Alice noch mal an: »Warum sucht ihr dieses Baby? Ihr kennt doch nicht mal die Eltern.«

»Ich mag Babys«, murmelt Melchior. »Sie sind so weich.«

»Du kannst nicht einfach ein fremdes Baby anfassen.«

»Aber angucken.«

»Melchior, sei mir nicht böse. Das ist total unheimlich. Ich meine: Wenn du Babys so toll findest – willst du dann nicht einfach ein eigenes?«

»Muss man denn alles, was einen berührt, gleich haben?« Melchior flüstert fast, als sei es ihm peinlich, darüber zu reden. »Ich brauche kein eigenes Kind. Mich berührt auch so schon alles genug.«

Der Regen lässt sein Gesicht glänzen.

»Jetzt lass ihn mal«, sagt Balthasar. »Mach ihm seine Sehnsucht nicht kaputt.«

Alice sieht genervt zu ihm rüber: »Das ist doch eine Illusion. Wenn wir dieses Baby wirklich finden – was dann? Wird sich irgendwas ändern? Wird die Welt beben?«

»Die Welt vielleicht nicht. Aber Melchior auf jeden Fall«, grinst Caspa und stupst ihn sanft an.

Der Zweifel trottet neben ihnen her. Er sieht abgekämpft aus, sein Anzug schlottert nass um die Knie und Alice hat beinah Mitleid mit ihm. Jetzt, wo er wirklich Grund hätte, sich zu beklagen, ist er verdächtig still. »Was ist los?« fragt Alice. »Hat es dir die Sprache verschlagen?« Gerade jetzt könnte sie seine Unterstützung brauchen. Jemanden, mit dem sie sich einig ist, dass die ganze Aktion eine Schnapsidee war. »Ist sie ja auch«, sagt der Zweifel. »Aber habe ich dich jemals verlassen?« Alice denkt an Jule und dass sie eigentlich immer zu dritt in dieser Beziehung waren. Jule ging. Der Zweifel blieb. Was ist eigentlich, wenn er manchmal (aber nur manchmal) tatsächlich recht hat?

Alice fällt ein Sonntagmorgen in weit entfernten Tagen ein, als sie im Kindergottesdienst saß und der Hilfsprediger ihnen weismachen wollte, dass die Welt in sieben Tagen fertig war. Sie traute sich nicht zu widersprechen, obwohl sie spürte, dass das nicht stimmen konnte. In sieben Tagen wuchs ja nicht mal eine Sonnenblume aus einem Kern. Das wusste sie genau, weil sie es selbst ausprobiert hatte. Also schubste der Zweifel sie nach vorn: »Sag was!«, befahl er. Und sie traute sich, was zu sagen. Weil sie nicht allein war. Weil er sie unterstützte.

Regen tropft von der Kapuze in ihr Auge. Sie blinzelt und versucht gleichzeitig, die immer größer werdenden Pfützen zu umgehen. Die Kälte ist längst unter ihre Jacke gekrochen, selbst das Merino-Hemd hält sie nicht auf. Zum Teufel mit der ganzen Weihnachts-Romantik, flucht sie stumm. Alles Käse. Der Weg nach Bethlehem war kein Winterspaziergang, kein Selbsterfahrungstrip, keine Erleuchtung. Was hast du also erwartet? Der Zweifel nickt. »Genau das ist es: Du willst vor einer alten Geschichte fliehen, indem du dich in eine neue Erzählung stürzt, die doch wieder die alte Geschichte in neuem Gewand ist. Du läufst der Sehnsucht anderer Leute hinterher. Erzähl mir deine, und dann sehen wir, wohin uns der Weg durch den matschigen Wald führt.«

Die Stille, die folgt, ist sehr laut. Alice kaut an ihrer Unterlippe, weil es sein kann, dass der Zweifel recht hat. Jedenfalls ein bisschen. »Ich weiß nicht genau, was ich suche«, sagt sie. »Ich hatte gehofft, das findet sich, wenn ich erstmal unterwegs bin.«

»He«, ruft Caspa von vorne, »schaut!«

Alice hebt den Kopf. Vor ihnen ist eine Lücke im Wald. Wo eine Lücke ist, kann ein Haus sein, und wo ein Haus ist, könnte es Kaffee geben, zumindest ein Dach und vielleicht auch nette Menschen, die eine heiße Dusche anbieten und ein trockenes Handtuch. Chico läuft los, die anderen folgen ihm, bis eine Schranke sie stoppt. Dahinter liegt die Straße.

»Das sieht aus wie ... hier waren wir doch schon!«

»Das kann nicht sein, wir sind doch immer geradeaus gegangen.«

»Hier ist Straße, da die Schranke, rechts geht der Weg mit der blauen Markierung ab, den haben wir gestern Abend genommen«, erklärt Balthasar. »Caspa, was ist mit deiner App?«

»Meinst du, die lasse ich den ganzen Tag laufen? Wo soll denn der Strom herkommen?«

»Das heißt, wir sind sechs Stunden im Kreis gelaufen! Völlig vergeblich. Wir sind nicht einen Meter vorangekommen!«

Das kann nicht sein, denkt Alice. Das kann einfach nicht sein. Das ist der Moment, in dem sie aufgeben will.

In dem sie vier völlig durchnässte Typen und einen zitternden Hund sieht, die durch den Matsch stiefeln, anstatt im Warmen Weihnachtslieder zu singen, so wie es die halbe Welt seit Jahrhunderten tut. Und wenn etwas Jahrhunderte überlebt, dann wird ja wohl etwas dran sein. Dann ist es doch vermessen, es besser wissen zu wollen.

Alice schnieft, aber sogar ihr Taschentuch ist aufgeweicht, und auch, wenn ihr Caspa ein trockenes rüberreicht, ist das kein Trost. Als Trost würde jetzt nicht mal mehr Kaffee reichen. Sondern ein Ort, an dem alles an seinem Platz ist, auch sie, schnurzpiepegal, ob es Sinn ergibt oder nicht. Hauptsache, es ist drinnen.

»Verdammt«, murmelt sie, weil vor ihren Augen alles verschwimmt. Sie blinzelt, jetzt bloß nicht heulen, das hilft auch nicht weiter. Da wird sie geblendet von zwei sehr hellen Lichtkegeln.

*

Die Scheibenwischer machen ein eintöniges Flapp-Flapp. Der Bus ist leer. Am Heiligen Abend bleibt man zu Hause. Die Busfahrerin setzt den Blinker für den Schlenker über die Dörfer. Manchmal wird sie gefragt, ob das nicht langweilig ist, immer dieselbe Strecke. Ob sie nicht mal abbiegen will, Richtung Malediven oder wenigstens Mönchengladbach.

»Warum?«, fragt sie. »Ist es da besser?«
»Vielleicht wärmer.«

Dann lächelt sie, und es wirkt nicht so, als ob es ihr an Wärme fehlt. Sie nimmt alle mit. Wenn die alte Frau Meckel mal wieder zu spät aus dem Haus gegangen ist und mit ihrem Rollator zur Haltestelle trippelt, dann wartet sie. Irgendwie holt sie die verlorene Zeit immer rein.

Im Radio dudelt *Driving Home for Christmas*, als sie am Straßenrand die Gestalten sieht. Vollkommen durchnässt. Sie blendet ab und bremst. Mit einem satten Geräusch öffnet sich die Tür. »Na, wo wollt ihr denn hin bei dem Wetter?«

»Wissen wir auch nicht so genau.«

»Steigt erstmal ein, im Trockenen überlegt sich's besser.«

Die Heizung pustet ihnen warme Luft entgegen.

Die Busfahrerin sieht die zerknickte Krone und die müde Sehnsucht in ihrem Blick. Die vier lassen sich auf die vorderen Sitze fallen, und die Busfahrerin reicht ihnen eine Thermoskanne. »Ihr Lütten seid ja vollkommen durchgefroren. Hier, ist Kaffee drin. Stark und süß.«

*

Jockel starrt auf die Schüssel mit dem Kartoffelsalat. Viel zu viel ist das. Wer soll das denn alles essen? Dass Clara immer so übertreiben muss. Als ob das ganze Dorf zur Feier käme.

Die Krähe schaut durchs Fenster und legt den Kopf schief, als wollte sie sagen: »Warum nicht?«

Ja, denkt Jockel – und plötzlich hat er sowas wie eine Eingebung. Du hast ja Recht. Warum eigentlich nicht?

Nichts gegen Clara, aber eine Stimmungskanone ist sie wirklich nicht. Und dann will sie ja auch spätestens um acht wieder los, weil sie noch mit den Nachbarn feiern. Mit Tannenbaum und allem Drum und Dran. Nur ohne Jockel. »Dir ist das sowieso zu laut, Papa. Und dann wirst du ja auch müde.« Also bleibt Jockel nichts anderes, als sich irgendwas im Fernsehen anzuschauen, das das Prädikat »besinnlich« trägt. Mit Besinnlichkeit hatte Jockel noch nie was am Hut. Seinetwegen kann es laut sein, auch an Weihnachten. Noch hört er gut, dass muss man ausnutzen.

Er schlüpft aus den Puschen und zieht ordentliche Schuhe an. Dann geht er runter in die Gaststube.

Der Stern. Als erstes der Stern. Wo hatte er den noch gleich hingelegt? Richtig, auf die Fensterbank. Er klamüsert den Stern aus der Verpackung und hängt ihn ins Fenster. Sehr gut. Jetzt noch den Stecker einstöpseln und die Stube erwacht zum Leben. Dann holt er einen Eimer Wasser. Der schwappt ein bisschen über, aber was soll's. Die Tische müssen abgewischt werden und dann der Boden gefegt. Das ist ordentlich Arbeit und seine Knochen fühlen sich gleich munterer an. Endlich gibt's was zu tun. Zu guter Letzt poliert er den Zapfhahn. Ein Bierfass ist zwar nicht mehr da. Aber glänzen soll es trotzdem.

Jetzt ist er doch außer Atem. War ein Fehler aufzuhören. Pause zu machen. Pausen sind was für den Tod, solange du in Bewegung bleibst, kriegt er dich nicht zu fassen.

Was als Nächstes? Punsch. Den gab es früher immer am 24. und heute ist schließlich der 24. Er hievt den großen Topf auf den Herd, öffnet alle Weinflaschen, die er finden kann und schüttet drei Tetrapacks Orangensaft dazu. Im Schrank liegen Rosinen. Die kippt er auch noch hinein. Aufs Haltbarkeitsdatum schaut er vorsichtshalber nicht. Was soll mit Rosinen schon passieren? Schrumpeliger werden können die ja wohl kaum.

So weit, so gut, denkt er. Während der Punsch zieht, kann er sich ums Essen kümmern. In der Kühltruhe findet er 120 Frikadellen. Die hätten bis zu seiner Beerdigung gereicht, doch daraus wird nichts. Alle sollen kommen. Und wenn es vielleicht nicht alle sind, dann doch wenigstens ein paar? Aus alter Verbundenheit, auf einen Sprung nach der Kirche.

Drei Kisten Brause sind auch noch da, und zum Schluss stellt er den Kartoffelsalat auf die Theke.

So, denkt er zufrieden. So muss das.

Da hört er auch schon die Glocken. Gleich beginnt das Krippenspiel. Genug Zeit für ein frisches Hemd und die Weste. Seine Kneipenuniform. Dabei wollte Clara die Weste schon in die Kleidersammlung geben. »Die brauchst du doch jetzt nicht mehr.« Aber er war stur geblieben. Zum Glück.

Oben vorm Spiegel denkt er: Sieht doch ganz ordentlich aus. Da soll Clara noch mal sagen, er sei alt. Ein paar Falten sind natürlich da, aber das macht Charakter. Zur Feier des Tages tupft er Rasierwasser auf die Wangen. Während er den Scheitel nachzieht, denkt er an das Paar. Aufgeregt ist er, richtiggehend hibbelig. Vielleicht kommen die beiden ja zurück, vielleicht ist das Kind schon da. Dann werden sie den Stern leuchten sehen und dann sehen sie, dass sich bei ihm was getan hat. Vielleicht glauben sie an so was wie ein Weihnachtswunder: Guck mal, werden sie sagen. Auf einmal ist da Licht. Und dann versuchen sie es noch mal und klopfen an seine Tür.

Und diesmal schicke ich sie nicht davon. Diesmal hole ich sie rein.

✱

Der Bus schaukelt durch die Dunkelheit. Alice hat ihre nassen Schuhe ausgezogen und trinkt den Kaffee in kleinen Schlucken. Sie reicht den Becher an Melchior weiter. Zuhause werden sie jetzt den Stollen anschneiden. Der Baum leuchtet bestimmt schon, seit es keine echten Kerzen mehr gibt, brennt die Lichterkette ganztägig. Wenn sie ehrlich ist, mag sie Stollen gar nicht besonders. Die kandierten Orangenstückchen kleben zwischen den Zähnen und der Rest ist meistens zu trocken. Es ist die ungeschriebene Liturgie, die sie so lange mochte. An keinem anderen Tag im Jahr war es so wichtig, dass alles einem unsichtbaren Plan folgte.

Alice gähnt. Die Verzweiflung ist verflogen, und das gleichförmige Brummen des Motors macht sie müde.

Der Zweifel hat es sich vorn neben der Busfahrerin bequem gemacht. Er scheint sich geradezu wohl bei ihr zu fühlen. Sein nasses Jackett hat er an den Haken gehängt und sogar das Angebot der Busfahrerin, ihren Pullover überzuziehen, hat er dankend angenommen. Was sonst überhaupt nicht seine Art ist. Normalerweise fürchtet er Milben, Flöhe, Viren, schlecht riechendes Waschmittel, gar kein Waschmittel, Flusen, unsichtbare Hautpartikel und Krümel vergangener Mahlzeiten. Alice überlegt, ob sie eifersüchtig sein soll und beschließt, lieber froh zu sein, dass sie ihn für eine Weile los ist.

Da hört sie, wie er die Busfahrerin fragt: »Sind Sie nicht schon ein bisschen alt für diesen Job?«

Aha, denkt sie. Doch ganz der Alte.

Die Busfahrerin scheint es nicht zu stören, und wenn da ein misstrauischer Unterton ist, dann überhört sie ihn. »Ich habe aufgehört, die Jahre zu zählen«, sagt sie. Das befremdet den Zweifel, er behält gern die Kontrolle über die Dinge. Deshalb führt er Listen und Tabellen und stellt komplizierte Berechnungen an, denen Alice dann zu folgen versucht. Dass man im Unsicheren über das eigene Alter ist, erscheint dem Zweifel unvorstellbar.

»Ich mag das Unvorstellbare«, sagt die Busfahrerin. Sie scheint Gedanken lesen zu können. Allerdings ist er auch kein Meister darin, seine Gedanken zu verbergen.

»Aber«, setzt er an. Dann stockt er, als denke er nach. Alice ist gespannt, was als Nächstes kommt.

»Ach, nicht so wichtig«, murmelt er, lehnt sich zurück und schaut mit der Busfahrerin zusammen durch die große Scheibe, als läge dahinter nicht nur die Nacht, sondern etwas anderes, das nur sie beide sehen und das sie zu Verschworenen macht.

*

Der Optiker hat ein paar Weihnachtsgrüße ausgetauscht, nichts Außergewöhnliches. Überhaupt ist nicht viel los. Foxy 1 funkt »Stille Nacht«, vielleicht ist das ironisch gemeint, weil niemand da ist. Ironie war noch nie die Stärke des Optikers. Gerade will er die Kopfhörer absetzen, da hört er ein Knacken und dann ein schwaches Sirren. Die Härchen auf seinen Armen stellen sich auf. Er weiß nicht warum, aber plötzlich ist er sicher: Das ist anders als sonst. Manchmal kann man das fühlen, selbst der Optiker. Jetzt, denkt er. Er ruft einmal, um zu zeigen, dass er da ist und hört. Das ist die Grundregel. Nicht pausenlos rufen, sondern hören. Das Knacken geht in ein Rauschen über, es klingt wie riesige Flügelschläge. Dann hört der Optiker eine Stimme, »... richtet euch auf ... erhebt eure Häupter ... weil sich eure Erlösung naht ...«. Im Hintergrund ist Musik, sehr hell, sehr leicht, fast wie ein Kinderlied. Der Optiker kramt in seinem Gedächtnis, woran es ihn erinnert, aber sein Gedächtnis will nicht denken, nur hören.

Das Signal wird schwächer, der Optiker notiert die Position. Gar nicht weit von hier. Da sendet jemand ganz aus der Nähe. Es muss jemand Neues sein. Wie viele Leute gibt es noch, die funken? Der Optiker spürt, wie das Kribbeln stärker wird, dabei ist Spüren nicht seine Stärke, sondern Sehen. Aber an Heiligabend soll das wohl in Ordnung gehen, und es ist ja auch angenehm, dieses Kribbeln.

Im Kopfhörer ist jetzt nur noch Rauschen zu hören. Der Optiker schaut gegen die Wand und dann hoch zum Dachfenster. Der Regen hat aufgehört. Den Williams hat er nicht angerührt. Da draußen liegt die Welt und wartet auf ihn. Obwohl der Gedanke so verwegen und so ungeheuerlich ist, schiebt er ihn nicht weg. Von fern, von ganz fern spürt er eine Sehnsucht. Rauszugehen. Soll er ...?

Das Moped steht ganz hinten im Schuppen. Der Optiker schlägt die Plane zurück. Ob es wohl anspringt? Lange her, dass er es zum letzten Mal gefahren ist. Benzin ist im Tank, der Helm hängt am Lenker. Er hatte mal davon geträumt, mit einem Mädchen eine Spritztour zu machen. Sie hieß Marie, und vielleicht hätte der Optiker sie gern geheiratet. Doch weil der Optiker ganz grundsätzlich nicht so schnell ist, sich solche Dinge einzugestehen, war sie eines Tages fort. Es hieß, sie sei mit einem anderen in eine fremde Stadt gezogen, weil in ihrem Bauch was wuchs. Aber das glaubt der Optiker nicht, will es nicht glauben. Er stellt sich lieber vor, dass sie Großes vorhatte, und Großes muss man manchmal allein vollbringen. Nur wenigstens einmal geküsst hätte er sie gern. Und sei es zum Abschied.

Das Moped hustet zweimal, dann ist es bereit. Die ersten Meter fühlen sich wackelig an, aber als er auf die Landstraße abbiegt, spürt er den Wind im Gesicht, als läge das gesamte Universum vor ihm, und er braust mit 35 km/h direkt hinein.

Die Straßen sind leer. Niemand sonst ist unterwegs. Hier und da leuchtet ein Fenster hinterm Feld. Zwischen den Wolken schaut der Mond hervor. Die Luft riecht feucht. Der Optiker steigert das Tempo und genießt den Fahrtwind. Wie konnte er bloß vergessen, wie gut sich das anfühlt? Wie konnte er sich all die Jahre in seiner Dachstube verkriechen? »Frohe Weihnachten«, ruft er in die Dunkelheit, und es fehlt nicht viel, dann hätte er auch noch ein Lied angestimmt, aber ihm fällt nur ein Frühlingslied ein, und auch, wenn es in dieser Nacht merkwürdig passend wäre, scheint es ihm doch eine Spur zu verrückt.

Vom Feldrand sieht ihm ein Engel nach. Der Optiker bemerkt ihn nicht. Wie auch sonst niemand. Den Engel stört es nicht. In dieser Nacht läuft alles wie von selbst.

*

Der Wolf liegt auf der Lauer. Er lauscht und wartet auf einen Schuss. Er hat dazugelernt. Er weiß, dass er keine Angst zu haben braucht, denn der Schuss gilt nicht ihm. Wenn er fällt, gibt es etwas zu essen. Man muss dann bloß schnell sein und es finden. Aber das ist nicht schwer. Er hat einen guten Riecher. Seine Nasenflügel vibrieren.

Alles bleibt still. Heute scheint eine Nacht zu sein, in der niemand schießt.

Lautlos läuft er weiter durch den Wald, immer den Pfad entlang. Er wittert die Spur der Menschen, es ist noch nicht lange her, dass sie hier waren. Ein Eichhörnchen nimmt Reißaus, aber der Wolf ist sowieso nicht interessiert. Zu viel Mühe, hinter diesen hektischen Snacks herzujagen. Das macht nur Hunger auf mehr.

Er bleibt stehen und reckt die Nase in die Luft. Da ist noch etwas. Die Straße ist nah, auch daran hat er sich gewöhnt. Dort muss man höllisch aufpassen. Der Wolf betrachtet es als Training. Damit er nicht träge wird. Damit er nicht im Straßengraben endet und auch nicht im Wohnzimmer eines Wilderers. Ein Moped fährt vorbei. Aber der Wolf wittert etwas anderes. Etwas, das er nicht kennt.

*

Ein letztes Mal fährt Jockel sich mit den Fingern durchs Haar. Sein Gesicht spiegelt sich im Fenster. Draußen ist alles dunkel, nur die Fenster der Kirche leuchten hell. Ob wer kommen wird? Gleich müsste das Krippenspiel zu Ende sein. Er hat Papierservietten auf die Tische gelegt und auch noch einen Beutel Teelichter gefunden. Soll er die schon anzünden? Wie lang brennen die Dinger noch mal? Erstmal hinsetzen. Jetzt merkt er die Anstrengung doch.

Nur kurz die Augen schließen.

Hinter den Lidern ist es warm und rot. Er ist wieder klein, die Hose schlackert um die Knöchel. An Weihnachten holt Mama die ordentlichen Sachen aus dem Schrank, die ohne Flicken. Jockel bewegt sich ganz eckig, weil er sich bloß nicht schmutzig machen will. Die Tür zur guten Stube ist geschlossen, durch das geriffelte Glas funkelt Licht, bestimmt brennen die Kerzen schon. Er befeuchtet die Lippen und versucht, sich das Gedicht ins Gedächtnis zu rufen, das er gleich aufsagen wird ... *und droben aus dem Himmelstor sieht mit großen Augen das Christkind hervor* ... Und tatsächlich, da ist es. Es trägt die gütigen Züge der Großmutter und Jockel will auf sie zulaufen und sich in ihrem Schoß bergen. Aber irgendwas stimmt nicht, die Großmutter ist doch längst tot. Doch da hört er das Glöckchen. Jetzt ist es so weit, gleich wird sich die Tür öffnen, und dahinter wartet das schiere Paradies.

Das Glöckchen bimmelt lauter, eigentlich zu laut, eher wie eine ausgewachsene Glocke. Jockel reißt die Augen auf. Die Kirchenglocken, murmelt er, jetzt geht es los. Der Punsch blubbert. Himmel, denkt Jockel, und stolpert zum Herd, um die Temperatur runterzudrehen. Das wär' ja was, wenn der noch überkocht. Bin wohl doch ein bisschen eingerostet.

*

Hinter dem Wald beginnen die Felder. Da gibt es Kaninchen, doch jetzt ist keins zu sehen. Jetzt ist alles Matsche. Der Wolf bleibt auf dem Weg, auch er mag keine nassen Füße. Er meint, das Schoßhündchen zu riechen und fühlt etwas. Eine unerklärliche Zuneigung. Als hätten sie mehr gemeinsam, als man denkt. Das ist wirklich eine komische Nacht, denkt der Wolf.

Da sieht er die Schafe. Eng aneinander liegen sie hinter dem dünnen Zaun. Als hätte jemand ein Buffet aufgebaut. Der Wolf leckt sich die Lippen. Er weiß, dass Strom in dem Draht ist. Strom tut weh. Auch das hat er gelernt. Ihn stört das nicht weiter, er ist ein guter Hochspringer. Wahrscheinlich könnte er es zu etwas bringen. Aber er scheut die Aufmerksamkeit.

Die Schafe haben ihn noch nicht bemerkt. Die hellsten sind sie wirklich nicht, denkt der Wolf. Aber weich sind sie. So weich. Eigentlich hat er gar keinen Hunger. Eigentlich will er nur kuscheln. Aber das glaubt ihm ja doch wieder keiner.

*

Die Glocken läuten und läuten. Jetzt werden die ersten dem Pastor die Hand schütteln und frohe Weihnachten wünschen. Noch ein paar Worte wechseln, aber nicht zu viele. Die Schlange wird lang sein, an Weihnachten ist die Kirche voll. Irgendwann werden sie draußen stehen, und just bevor sie sich auf den Weg machen zu Gans und Gabentischen werden sie den Stern leuchten sehen. Und dann werden sie rufen: Seht nur, beim Jockel, da ist Licht.

Und dann kommen sie.

Vielleicht sollte ich die Tür öffnen, denkt Jockel, zur Sicherheit.

Doch genau in diesem Moment, hört er das vertraute Trappeln im Eingang und ihre Stimmen.

Als erstes kommt Frieda rein. Frieda war immer als erste zur Stelle, wenn es was zu feiern gab. Frieda packte an. Seit die Kneipe zu ist, hat Jockel sie nicht mehr getroffen. Wo auch, wenn es keinen Anlass mehr gibt? Er spürt, wie sein Herz schneller klopft. Eine neue Bluse hat sie an, aber sonst ist sie ganz die Alte.

Die Kinder haben Frieda mit in die Kirche genommen. Sie mag das, am liebsten das Krippenspiel, auch mit ihren 83 Jahren. Wo immer etwas schiefgeht und schief singen kann man auch, weil es sowieso keiner hört bei all dem Geschrei. Als Frieda hinterher bei Jockel das Licht sah, dachte sie gar nicht daran, zurückzukehren an ihr trauriges Tannengrün, weil sie sich doch bestimmt ausruhen wolle. »Nix da«, hat sie gesagt, war schnurstracks in die Kneipe reingestiefelt und hat sofort gesehen, was Sache ist: Hier wird gefeiert. Hat ihre Jungs losgeschickt, Speisekammern und Kühlschränke zu plündern, weil der Jockel das zwar ganz ordentlich hingekriegt hat, aber eins noch fehlt. Nämlich Quarkbällchen. Kein Weihnachten ohne Quarkbällchen, die hat ihre Mutter – hab sie selig – aus dem Schlesischen mitgebracht. Als die Jungs zurück sind, kommen sie auf beachtliche 23 Eier und drei Pfund Quark. Und dann krempelt Frieda ihre Seidenbluse hoch und rührt alles ordentlich zusammen und lässt es sich nicht nehmen, die Küchlein eigenhändig auszubacken. Mit ordentlich Zimtzucker versteht sich. Den ersten schiebt sie Jockel direkt in den Mund. Die Nachbarinnen holen selbstgekochten Pflaumenmus aus dem Keller. Die Zugereisten bringen Dattelkekse und Grießschnitten, von denen Frieda sich gleich das Rezept geben lässt. Weil man sich ja weiterentwickeln muss.

Clara kommt als eine der letzten aus der Kirche. Merle wollte sich die Krippe angucken, und außerdem mag Clara keine Schlangen. Hoffentlich hat Jockel die Würstchen nicht zu früh aufgewärmt, dann platzen sie so schnell.

In der Gaststube ist Licht. Den Stern hatte sie schon vor dem Gottesdienst gesehen und angenommen, ihr Vater hätte ihn ihr zuliebe aufgehängt. Doch dann hört sie auch die Musik und das Lachen. Die Tür steht offen. Mein Gott, denkt sie, was soll das denn? Im ersten Moment denkt sie an Einbruch, an Vandalismus. Man hört immer wieder von betrunkenen Jugendlichen. Aber Merle läuft schon hinüber, das selbstgemalte Bild mit extra großer Schleife in den Händen. Und dann sieht sie die Nachbarn und denkt: Was ist das wieder für eine Idee.

Sie atmet tief durch und nestelt an ihrem Portemonnaie. Die Kollekte hat sie längst in den Korb geworfen, aber sie muss sich erstmal sammeln. Sie ahnt schon, dass das Putzen hinterher an ihr hängen bleiben wird. Und das zu Weihnachten! Das muss doch wirklich nicht sein.

Sie ärgert sich, dass ihr als erstes das Putzen einfällt und dann ärgert sie sich über ihren Vater, der ja irgendwie dafür verantwortlich ist, und sie will sich nicht ärgern, denn es ist ja Weihnachten.

Dann geh halt rein und feiere mit, sagt die Krähe, aber Clara ist keine, die Krähen hört, geschweige denn auf sie hört.

Rein geht sie schließlich trotzdem.

Drinnen ist es voll und laut, wie in besten Kneipenzeiten. Die Musikbox dudelt *Ein Schiff wird kommen*. Unglaublich, dass die immer noch funktioniert. Eine Wolke aus Rotwein und Nelken, Kartoffelsalat und heißem Fett wabert Clara entgegen. Das halbe Dorf ist da. Sogar die Nachbarn mit ihrem neuen Baby. Keine drei Tage ist das alt. Die frischgebackene Mama strahlt, als sei es das erste und der Papa balanciert die anderen drei auf dem Schoß, weil heute niemand zu kurz kommen soll. Clara wundert sich. Haben die denn zu Hause keinen eigenen Tannenbaum, dass die hierherkommen müssen? Hinterm Herd steht Frieda und backt Quarkbällchen. Was macht die denn hier? Die muss doch auch längst über 80 sein.

»Na, min Clärchen«, grinst Jockel und hält ihr einen Becher Punsch hin. »Wie gefällt di dat?«

Clara fragt sich, ob er angetüddelt ist.

Aber das ist er nicht, nur glücklich. Und nachher geht er noch eine Pfeife schmöken, draußen versteht sich, mit dem guten Vanille-Tabak, den er aufgespart hat für so einen Abend wie diesen.

∗

»Wo soll ich euch rauslassen?«, fragt die Busfahrerin. »Irgendwo, wo es warm ist«, sagt Caspa und dass es in der Nähe ein Gasthaus geben soll, ob sie das kenne. »Nur die

Kneipe vom alten Jockel, aber die ist seit letztem Jahr zu.« Sie macht eine Pause. »Warum seid ihr an so einem Tag überhaupt unterwegs? Wollt ihr nicht Weihnachten feiern?«

»Darum sind wir ja unterwegs. Um herauszufinden, wie. Um herauszufinden, was uns berührt.«

»Na, ich fahr ja nur Bus. Aber was einen berührt, das hängt doch vor allem von euch selbst ab. Wie nah lasst ihr etwas an euch ran?«

Darauf weiß niemand etwas zu sagen. Und so folgt eine fast andächtige Stille.

»Und Sie«, fragt Caspa schließlich. »Warum feiern Sie nicht Weihnachten?«

Die Busfahrerin winkt ab. »Bei mir ist das ganze Jahr über Weihnachten. Die Leute warten auf mich. Ich nehme sie mit und sorge dafür, dass sie ankommen. Manchmal genau am richtigen Ort.«

Der Zweifel könnte einwenden, dass »manchmal« ein wenig vertrauensvolles Konzept für eine Busfahrerin ist, aber er schweigt. Vielleicht hat er was gelernt. Dass Vertrauen kein Konzept ist, sondern ein Anfang. Weil eine gute Geschichte nicht auf ihr Ende reduziert sein will. Manchmal sind es die Anfänge, die alles geben und was später kommt, verläuft sich. Aber das ist nicht schlimm. Weil nicht alles am Ende gut zu werden braucht, wenn schon der Anfang wunderbar ist.

Die Busfahrerin ist eine Freundin der Anfänge. Das vermuten die wenigstens bei einer, deren Route sich immer wiederholt, eine einzige Schleife. Genau darin liegt das Geheimnis: Wo es kein Ende gibt, kann alles Anfang sein.

»Also dann«, sagt Caspa. »Dann bringen Sie uns doch einfach an den richtigen Ort.«

An einer Schafweide biegt die Busfahrerin ab. Vor ihnen liegt ein weiteres Dorf, rechts Backsteinhäuser und auf der linken Seite ein Neubauviertel. Der Bus hält vor der Kirche. Gegenüber ist eine Gaststätte, so wie das sein soll in einem richtigen Dorf. Wo man erst die Taufe, dann die Hochzeit und zuletzt die eigene Beerdigung feiert. Wo es ein Abo auf Zuckerkuchen gibt.

»Da wär'n wir«, sagt die Busfahrerin. »Endstation. Das ist die Kneipe vom alten Jockel. War mal eine echte Institution. Die kannte jeder hier in der Gegend. Bis zum Schluss. Warum da heute Licht ist, frage ich mich allerdings. Vielleicht Sentimentalität.«

»Zur halben Nacht«, liest Alice. Im Fenster leuchtet ein Stern. Die Busfahrerin stellt den Motor aus. Caspas Handy will was sagen. Aber das interessiert jetzt keinen.

Der Zweifel ist neugierig und fragt: »Gehen wir rein?«

Als Alice die Gaststube betritt, flitzt ein kleines Mädchen auf sie zu und hält ihr ein Quarkbällchen entgegen: »Hier, weil heute nämlich Weihnachten ist. Weißt du das? Ich heiße Merle. Wie heißt du? Ich hab dich noch nie gesehen. Bist du das Christkind? *Von drauß' vom Walde komm ich her, ich muss euch sagen, es weihnachtet sehr.* Hab ich in der Schule gelernt. Jedenfalls den Anfang.« Das Mädchen plappert schneller als Alice denken kann. Sie ist ein bisschen aus der Übung, weil die letzten Tage alles verlangsamt haben. Die Gaststube ist voller Menschen. So viele Menschen hat sie nicht mehr gesehen, seit sie aus der Straßenbahn gestiegen ist. Vor einer Ewigkeit also. Sie nimmt das Quarkbällchen und beißt hinein. »Feiert ihr hier zusammen Weihnachten?«, nuschelt sie.

»Weiß nicht«, sagt das Mädchen. »Wir wollten eigentlich zu Opa, aber Opa war nicht in seiner Wohnung. Sondern hier.«

»Und die ganzen Leute, gehören die alle zu deiner Familie?«

Das Mädchen reißt die Augen auf: »Das geht doch gar nicht! Das sind doch viel zu viele. Das sind einfach ...«

Das Mädchen sucht nach einer passenden Beschreibung. »Das sind einfach alle.« Dann dreht es sich um und läuft zu einer resolut wirkenden Frau, die in hochgekrempelter Seidenbluse die Quarkbällchen backt. Das Fett spritzt und Alice denkt, dass die Bluse nicht mehr zu retten sein wird.

Sie hält nach den anderen Ausschau und schiebt sich zu ihnen auf die Eckbank. »Dürfen wir hier sitzen?«, fragt sie und zeigt auf das Messingschild, auf dem »Stammtisch« steht.

»Klar«, sagt Balthasar und richtet seine zerknickte Krone. »Wenn nicht wir, wer sonst?«

Das Mädchen taucht mit Nachschub auf. »Hier, die soll ich an alle verteilen. Bist du ein König?«

Balthasar nickt. Das Mädchen mustert ihn skeptisch. »Du siehst nicht aus wie ein König.«

»Woran erkennt man denn einen König?«

»An der Krone«, gibt das Mädchen zu.

»Weißt du was?«, sagt Balthasar, nimmt die Krone von seinem Kopf und setzt sie dem Mädchen auf. »Ich war lang genug König. Jetzt bist du dran.«

Für einen Moment steht das Mädchen ganz still da. Dann rennt es los: »Opa, Opa, sieh nur: Ich bin eine Königin!«

»Weiß ich doch«, hört Alice den alten Mann sagen.

★

Der Optiker ist lange nicht mehr im Dorf gewesen. Automatisch nimmt er die zweite Einfahrt. Plötzlich ist alles wieder da. Er ist wieder da. Hinter der Schafweide kommen die ersten Häuser. Roter Backstein, nur zu unterscheiden an der Größe des Dielentors. Das zweite Haus ist das seiner Großeltern. War das Haus seiner Großeltern, verbessert er sich. Daneben ihres.

Wie oft hat er der Großmutter im Garten geholfen. Hat Johannisbeeren gerebelt und dabei mit einem Auge hinübergeschielt, ob er sie hinter einem der Fenster ausmacht. Und die Oma hat so getan, als merke sie nichts. Als wüsste sie nicht, dass sein Besuch höchstens zur Hälfte den Großeltern galt. Sie wusste, dass man ein Herz nicht einsperren darf und dass es manchmal geheime Wege braucht. Noch heute spürt er das Ziehen in seiner Brust. Ob sie wohl manchmal noch hier ist? Ob die Eltern noch leben und sie an Tagen wie diesen nach Hause kommt? Die Fenster sind dunkel. Überhaupt sind viele Häuser dunkel. Merkwürdig, denkt er. Wo sind denn alle am Heiligabend?

Er lässt das Moped die Straße runterrollen, über den Mühlenbach auf die Kirche zu. Beim alten Jockel ist Licht, und bevor er sich wundert, dass es aus dem Gastraum und nicht von oben aus der Wohnung kommt, hört er die Musik.

Gibt's ja nicht, denkt er. Ist da etwa geöffnet?

Da sieht er die Leute und will schon vorbeirollen, weil der Optiker keiner ist, der einfach irgendwo reinschneit. Aber dann fällt ihm der Funkspruch wieder ein. Jetzt oder nie, denkt er und hält an. Da hast du dein Zeichen. Und dass es ja durchaus sein könnte, dass der Mittelpunkt des Universums für eine Nacht, nur für diese Nacht hier ist. Genau dort, wo er sich befindet. Und alles, was er tun muss, ist sich zu trauen und einzutreten.

Er zögert. Die Angst bäumt sich auf. Dass er überhaupt losgefahren ist heute Nacht, ist schon ein Wunder. Dass er seine Dachstube verlassen hat. Soll er jetzt wirklich hineingehen?

Die Krähe nickt. Das kann der Optiker nicht sehen, aber vielleicht spürt er es. Jedenfalls stellt er sein Moped ab. Er könnte ja erstmal durchs Fenster luschern. Ob er wohl noch jemand erkennt? Ob er noch erkannt wird?

*

Melchior ist still. Melchior ist immer still, jetzt wirkt er noch stiller. Vielleicht weil der Kontrast groß ist, weil alles um ihn herum so laut ist.

Alice stupst ihn an. »Was ist los?«

»Weiß nicht«, sagt Melchior. Aber Alice sieht, dass Melchior es doch weiß.

»Das war's also?«, sagt er, und es klingt mehr wie eine Feststellung als wie eine Frage.

»Was meinst du?«, fragt Alice, obwohl sie die Antwort kennt.

»Wir sind angekommen, oder?«

Alice nickt. Obwohl sie gern widersprechen würde. Obwohl sie am liebsten vorschlagen würde, dass sie über

Silvester hinausgehen können. Hinein ins neue Jahr. Aber sie weiß, dass es stimmt. Dieser Weg ist hier zu Ende.

»Wir haben das Kind nicht gefunden«, sagt Melchior.

»Nein«, sagt Alice.

Melchior starrt in die Kerzenflamme, als sähe er, wie sein Traum sich in feinen Rauch auflöst.

»Schau«, beginnt Alice vorsichtig, weil sie noch nicht weiß, wie der Satz weitergeht. In ihr ist eine Ahnung, die nach Worten tastet. Balthasar kommt ihr zu Hilfe: »Schau dich um. Der Stern im Fenster. Der alte Mann, der seine Tür geöffnet hat. Dieses Fest. All die Leute, die gekommen sind. Die Busfahrerin, die uns genau an diesen Ort gebracht hat. Das Quarkbällchen in deiner Hand, von einem wildfremden Mädchen geschenkt. Schau, dieser schüchterne Mann dort hinten mit der Brille, wie warmherzig er empfangen wird. Als hätten sie lange auf ihn gewartet. Und schließlich wir. Dass wir gemeinsam fremd sind und trotzdem willkommen. Das alles gäbe es gar nicht ohne dieses Kind. Weihnachten gäbe es nicht. Das Kind ist nicht hier, aber die Sehnsucht ist geblieben.«

Melchior taucht den kleinen Finger in das Kerzenwachs. »Dann ist es also nur eine Krücke?«

»Wäre das so schlimm? Wenn sie uns hilft, weiterzugehen ...«

Alice sieht Balthasar an und denkt, dass er freier wirkt ohne die Krone. Vielleicht, weil er nichts mehr zu verlieren hat.

Jemand beginnt *O Tannenbaum* zu singen und alle stimmen ein. Obwohl es hier nicht mal einen Baum gibt. Alices Wangen glühen. Halb ist es die Wärme, halb der

Punsch. Und dann gibt es noch eine Hälfte, die da gar nicht mehr reinpasst, aber trotzdem da ist.

Wenn man sich etwas vorstellen kann, denkt Alice. Dann kann man aufhören zu verhandeln, ob es wirklich da ist. Und dass Dasein eigentlich Hiersein bedeutet. Egal, wo man gerade ist. Dann ist man angekommen. Und dass Weihnachten doch nun wirklich Ankommen bedeutet.

»Nee«, sagt der Zweifel und leckt sich die Zuckerfinger. »Weihnachten geht es los.«

Alice spürt Caspas Blick. Wenn sie jetzt die Augen hebt, wird sie die Sommersprossen sehen. Und noch was. Das Nochwas kitzelt, sie lächelt und schaut auf.

*

Jockel steht abseits unter der Linde. Hin und wieder glüht seine Pfeife auf.

»Moin Jockel«, sagt die Busfahrerin, »lang nicht mehr gesehen.«

Jockel grient, weil gestern tatsächlich schon eine Ewigkeit her zu sein scheint und ein Tag in seinem Alter von nicht zu unterschätzender Länge.

»Ordentlich was los in der Kneipe. Fängst du auf deine alten Tage noch mal an?«

»Muss ja«, sagt Jockel und zieht an der Pfeife. Dann redet er weiter, damit die Busfahrerin nicht denkt, dass er nur so daherschnackt: »Muss ja einer bereit sein, wenn wer kommt. Muss ja einer dafür sorgen, dass Licht im Fenster ist. Und selbst, wenn du nicht reingehst, weißt du: Du könntest. Weil du Unterschlupf brauchst oder 'n ordentlichen Kaffee, mit dem du dich hinsetzen kannst und jemand bringt dir eine Stulle an den Tisch. Jemand ist da, der Lust hat auf einen Schnack, selbst wenn du nichts Weltbewegendes zu sagen hast, ja, sogar wenn du gar nichts sagen und trotzdem reden willst.

Und ich brauch auch so einen Platz, wo ich weiß, es kommt wer, und zwar nicht aus Mitleid. Und es ist auch nicht die Clara, die es gut meint, aber ständig Krankenschwester spielt. Ich bin ja nicht nur alt. Ich bin immer noch Jockel.«

Er stopft die Pfeife nach und pafft zwei große Ringe in die Luft. Das kann er immer noch gut.

Die beiden schweigen eine Weile und gerade als man denkt, jetzt kommt nichts mehr, sagt Jockel: »Nur die beiden, dieses schwangere Paar. Die sind trotzdem nicht gekommen.«

»Nee«, sagt die Busfahrerin.

»Die waren hier. Ich hab die gesehen. Auch wenn die sonst keiner gesehen hat.«

»Ist doch egal.«

»Ist nicht egal. Die beiden standen vor meiner Tür. Ganz sicher. Das musst du mir glauben.«

»Wenn du es sagst.«

Über ihnen in der Linde rascheln Flügel.

»Viele Krähen hier«, sagt die Busfahrerin, aber Jockel geht nicht darauf ein.

»Bin ich ein Esel?«, fragt er. Seine Stimme zittert ein bisschen. »Weil ich das alles hier gemacht habe, damit sie wiederkommen?«

»Jockel«, sagt die Busfahrerin, »du bist Wirt. Du kannst gar nicht anders.«

Und darauf sagt Jockel nichts mehr.

Denn was stimmt, das muss man einfach mal so stehen lassen.

★

Am Weihnachtsmorgen liegt auf der Weide ein Wolf bei den Schafen. Er schläft. Seine Schnauze ist in ihr weiches Fell gesunken. Manchmal zuckt seine Nase, als würde er träumen. Bevor es richtig hell wird, macht er sich auf leisen Pfoten davon. Frühe Spaziergänger wollen ihn gesehen haben.

Aber ein Wolf? Bei den Schafen?

Die Geschichte ist so schön wie unwahrscheinlich, dass sie schon bald ins Reich der Legenden wandert.

Susanne Niemeyer, Jahrgang 1972, ist am Feldrand einer niedersächsischen Kleinstadt aufgewachsen und vermisst in Hamburg manchmal die Weite des Himmels. Weihnachten feiert sie am liebsten mit Überraschungsgästen. Den Rest des Jahres schreibt sie Bücher über Gott und die Welt und veranstaltet Schreibseminare in Schweden und an anderen schönen Orten.